LOS EXTRAÑOS

LARGO RECORRIDO, 58

Vicente Valero
LOS EXTRAÑOS

EDITORIAL PERIFÉRICA

PRIMERA EDICIÓN: febrero de 2014
PRIMERA REIMPRESIÓN: marzo de 2014
DISEÑO DE COLECCIÓN: Julián Rodríguez
MAQUETACIÓN: Natalia Moreno

Esta obra ha recibido una ayuda a la edición
del Ministerio de Educación, Cultura y Deporte.

ISBN: 978-84-92865-87-1
DEPÓSITO LEGAL: CC-027-2014
IMPRESO EN ESPAÑA — PRINTED IN SPAIN

BREVE HISTORIA
DEL TENIENTE MARÍ JUAN

I

Si en aquel hombre que nunca pudo ser llamado abuelo, ni tan siquiera padre —a pesar de haber sido abuelo y, por consiguiente, también padre—, hubo unas manos delgadas y huesudas como las mías, unas cejas oscuras y grandes, o esta predisposición, de la que tanto me he lamentado en mi juventud, a los herpes labiales, no he podido saberlo nunca, pues ninguna fotografía del teniente Marí Juan ha sido encontrada todavía: ni en los álbumes familiares, ni en los cajones de las cómodas más antiguas, ni siquiera entre aquellos retratos anónimos y desordenados de procedencia desconocida que, sin saber nadie cuándo ni por qué, acaban también llegando a una casa para quedarse en ella. Ninguna imagen suya, si la hubo, y tuvo que haberla, al menos en los archivos escolares de Valencia o en los cuarteles coloniales de África, sólo por mencionar algunos lugares a los que fue enviado y acudió con obediencia para permanecer, y donde seguramente con la misma intensidad consiguió sentirse feliz y desgraciado, ninguna imagen suya, digo, ha llegado hasta mí ni hasta nadie que pudiera reclamarlo como suyo también. Y la verdad es que nunca pensé que llegara a lamentar tanto como ahora esta carencia, mientras escribo esta primera página, en el momento en que hubiera querido trazar del modo más exacto posible su perfil, dibujar un retrato suyo satisfactorio, decir algo de su nariz o de su boca, describir sus brazos y sus piernas, saber hasta qué punto mi incipiente calvicie pudiera haber sido también la suya, y averiguar, en fin, si en su mirada hubo una melancolía de adolescente abandonado como yo siempre he querido suponer que la hubo. A este extraño, sin embargo, hay que observarlo una y otra vez desde los recuerdos ajenos hasta poder ver al fin en él al joven de veintiocho años que llegó a ser el día de su muerte. Al joven, en definitiva, que fue y ha continuado siendo siempre y que no dejará de ser nunca. Y hay que intentar ver en él también al padre que ya había logrado ser, e incluso al abuelo en el que apenas tuvo tiempo de poder pensar que acabaría siendo pero en el que yo ahora he decidido pensar por él, recreándolo en una identidad nueva que los años y el olvido han conformado a su figura fugitiva.

De Pedro Marí Juan, nacido en 1900, en el antiguo y fértil valle de Morna, en el noreste de la isla de Ibiza, hijo del campesino Vicente Marí Guasch, que hizo fortuna, sin embargo, como constructor de carreteras —en verdad sólo de pequeños caminos de tierra—, y de María Juan Tur, de quien se dijo siempre que fue mujer agraciada y laboriosa, he conseguido con los años reunir noticias diversas, casi siempre interrumpidas y en ocasiones también contradictorias. Por boca de sus cinco hermanas, ya todas ancianas cuando yo era niño, llegó el cálido relato de la infancia, con las travesuras inolvidables y la certeza de una inteligencia que despuntaba, episodios del niño flaco y nervioso que siempre se quedaba dormido en el carro cuando la familia, todos los domingos, acudía a la iglesia, o que, cuando por primera vez vio la nieve, la rara nieve insular, imaginó que algún geniecillo malvado se había pasado la noche trasquilando a las ovejas. Así, en aquellos recuerdos que aquel otro niño que era yo entonces recibía con los ojos bien abiertos y máxima predisposición para el asombro, un abuelo desconocido pero inevitablemente cómico parecía despertar por fin de su letargo.

Escuchaba a aquellas viejas y luego recordaba una y otra vez sus palabras, siempre las mismas, pronunciadas con amor fraternal y con el acento dolorido, puede que algo forzado, de una desgracia ya demasiado lejana, porque lo cierto era también que aquel hermano tan adorado había sido un extraño para ellas. Cómo y por qué se le ocurrió a Vicente Marí, mi bisabuelo, hacer de aquel niño un hombre diferente, alejarlo muy pronto de aquella casa llena de hermanas y de ovejas, no llegué a preguntarlo nunca a nadie que pudiera saberlo, pero, tal vez, afirmar que en una época próspera de su vida pudo haberse sentido más rico de lo que probablemente era y, por tanto, también capaz de cambiar el destino familiar en al menos una de sus ramas, hasta el punto de querer imitar, como veremos, a los señores de la ciudad, podría aceptarse como una respuesta satisfactoria. No era mi abuelo el único hijo. Había un hermano mayor, con el mismo nombre que el padre, destinado a disfrutar de la herencia y a sufrirla con el trabajo desde muy temprano. Así que Pedro fue, desde el mismo momento de nacer, el hijo que, en aquellas familias rurales de la isla, tan perfectamente organizadas y consecuentes en sus rígidas tradiciones, solía entregarse a la Iglesia o al Ejército sin el menor remordimiento. Ahora bien, en este caso, que es *nuestro* caso, no cabe duda de que en el niño había aptitudes y en el padre ambiciones, y surgió entonces una variante desconocida, una innovación que debió de provocar la desconfianza de los vecinos, la alarma en el cura del pueblo y sin duda también el disgusto de la madre: el campesino y constructor de carreteras decidió que su hijo segundón fuera abogado. Hubo que explicar a las hermanas y al hermano en qué consistía ser abogado y, desde luego, hubo que explicárselo al inocente, que seguramente no conseguiría entenderlo bien ni a la primera ni a la segunda, pues no había cumplido aún los ocho años cuando fue expulsado de su edén infantil donde la nieve era como la lana de las ovejas y el carro tirado por un mulo un colchón donde dormir plácidamente, con el mejor traje, a la espera de llegar a la misa del pueblo todos los domingos. La abogacía era una cosa destinada sólo a los hijos de las familias pudientes de la ciudad, a quienes, antes incluso de celebrar la primera comunión, ya se decidía enclaustrarlos, como principio de su preparación y primera estación del largo viaje al feliz porvenir, en un uniformado colegio franciscano de Valencia, que no tendría por qué haber sido un lugar lejanísimo si no fuera porque el mar —y más el mar de aquellos días— ponía a todos en su sitio y de qué manera. ¿Podemos imaginar entonces el día de la despedida, el viaje hasta llegar al puerto, a las hermanas llorosas pero seguramente también sonrientes —no había para ellas muchas ocasiones de visitar la ciudad—, al heredero circunspecto, más que nunca en su papel de Hijo, a la madre que tal vez prefirió quedarse en casa, con enfado, la visión del pequeño barco, probablemente el *Lulio*, un elegante vapor correo que ya tenía sus años, a los cuatro o cinco niños ricos, no más, de las familias importantes, que también se embarcarían aquel día con el mismo fin y a quienes el pequeño hijo del campesino de Morna tendría que empezar a conocer? Es todo cuanto podemos hacer ahora, *esto y nada más,* como diría mi madre, es decir, la hija: imaginar un escenario en absoluto desconocido, pues también nosotros hemos tenido que despedirnos muchas veces en el mismo puerto antes de viajar a Valencia (o a Barcelona, o a Palma, o a Alicante), un escenario con sus personajes secundarios bien definidos, pues a ellos, a casi todos ellos, sí hemos llegado a conocerlos bien, aunque nunca nos legaron este recuerdo, y, por supuesto, con el personaje principal, es decir, con nuestro querido extraño, que con su maleta recién estrenada, su traje también nuevo y su mirada de desconcierto subiría por fin a un barco que no había visto nunca y cuyo destino no podía ser otro que el de una vida diferente.

Que Pedro Marí Juan no fue nunca abogado lo sabemos, pero otra cosa es aproximarnos al estudiante que, pese a haber cumplido con el larguísimo y rígido ritual pedagógico de su infancia y adolescencia, acabó deseando no la brillantez de la elocuencia a la que parecía estar destinado, sino la del uniforme militar, a la que tal vez por otros caminos menos rigurosos hubiera podido llegar igualmente. Lo cierto es que cumplió con creces, en sus casi diez años valencianos, como interno aplicado y futuro experto en leyes. Creció memorioso y obediente, se hizo un hombre. Compartió pupitres y habitaciones con los niños de la ciudad, ellos sí que acabaron siendo abogados; fue su amigo y fueron ellos también los suyos —quizás a su manera o la manera común, quién sabe—, hasta el punto de que, cuando regresaba de vacaciones a la isla, en el tórrido agosto, con frecuencia pasaba buena parte de aquellos días en las casas de éstos, lejos de la finca campesina de los padres. En uno de aquellos veranos aprendió a nadar; en otro, a navegar;

y entonces la pequeña isla debió de parecerle aún más pequeña, también muy diferente, mientras, sin alejarse nunca demasiado de la costa, disfrutaba del privilegio de poder contemplarla junto con sus amigos a bordo de una embarcación a vela. Se convirtió muy pronto en un extraño para sus hermanas y su hermano. Si en los primeros días se sentía feliz en la casa paterna, allá en el valle de Morna, tan cerca de los bosques, de los pájaros, del agua de las fuentes, al poco lo que empezaba a sentir era añoranza de sus compañeros, así como del colegio de los franciscanos, que ya era, o de este modo creía sentirlo en su corazón, su verdadero hogar. Sus hermanas lo llamaban *el abogado*, sin llegar a saber muy bien lo que decían, mientras el hermano lo miraba receloso, a él y a los pocos libros que llevaba consigo, a sus nuevas palabras, al relato de su nueva vida tan distinta. Y, sin embargo, podemos dar por seguro que, durante aquellas estancias breves, el estudiante también se esforzó en la recolección de la algarroba y en la siembra de la patata como cualquier otro, continuó vigilando a las ovejas o ayudando al padre a terminar una nueva pared con la que sostener con firmeza un bancal recientemente roturado, acarreando las piedras. Seguramente empezaría a amar a su familia como un hijo adoptado, con la ambigüedad propia y sobrevenida de quienes saben que pertenecen a aquel lugar, sin duda, pero también, de manera distinta, a otro. Y de este otro lugar se debe hablar poco para no herir. El pequeño *abogado* había empezado a saber cosas que en aquella casa eran desconocidas, desde los números primos hasta el nombre de los ríos de Europa. Si tuviéramos las fotografías de aquellos años, y tuvo que haberlas, pero mi abuela, es decir, la esposa, parece que contrajo en su temprana viudedad una rara y destructora aversión por todo tipo de imágenes, incluso por las propias, veríamos al extraño paseando con sus amigos por la ciudad en verano, privilegiado también en el vestir y en el fumar, con su aspecto orgulloso, en las terrazas marítimas de los pequeños cafetines. Pertenecía ahora al selecto grupo de jovencitos, digamos desinsularizados, que se reunía para afirmar aún más su diferencia. Si se les hubiera preguntado, ninguno hubiera escogido abandonar la isla, porque a qué niño de siete u ocho años podría haberle seducido la idea de interrumpir su estancia en el paraíso, la seguridad familiar, los juegos y los hermanos. Pero una vez desposeídos, obligados a recorrer un camino tan sólido hacia el mejor futuro de los posibles, a estos niños, rápidamente adolescentes, nada ni nadie podía impedirles observar con mirada altiva y distante el mundo que habían tenido que dejar y al que ya no pertenecían ni, probablemente, volverían a pertenecer nunca más. De aquellos pocos se esperaba mucho, pero sólo había entonces, para cualquier isleño, algo más difícil que abandonar la isla: regresar a ella. Se iba uno con rabia y con la misma rabia se procuraba no volver. Que se lo preguntaran, por ejemplo, a los que, desafortunados del todo, tuvieron que emigrar y se instalaban por aquellos mismos días con su pobreza solitaria en La Habana o en Tucumán. La nostalgia podía agriarlos y consumirlos, pero el orgullo provocado por la herida vencía casi siempre, y de ellos nunca más se llegaba a saber. Así que, en realidad, a aquellos pocos estudiantes privilegiados se les enviaba a la Península como si de una festiva suelta de palomas se tratara, pero la mayoría, cuando llegaba el momento de volver, prefería volar bien lejos y para siempre. Solamente una desgracia mayor, como la muerte del padre, podía obligar a algunos a regresar, ya fuera para sustituir al difunto, es decir, para ocupar de forma prematura su lugar, ya para ayudar de alguna otra manera a la familia, que podía ser numerosa. Pero había también que contar con otra razón para la posible vuelta, la del amor, si es que en aquellos breves veranos de estudiantes surgía aquel deseo, aquella alegría, y si es que aquel deseo y aquella alegría perduraban, sobrevivían a las gélidas celdas escolares.

De la casa donde nació y murió mi abuelo, sin apenas haber vivido en ella, no he podido reunir información hasta hace pocos años. Ya de niño, a finales de los años sesenta, supe que un matrimonio de Ginebra había comprado al heredero no hacía mucho la vieja finca con sus doce buenas hectáreas de tierra roja. Cuando íbamos a visitar a las hermanas, lo que no hacíamos más que tres o cuatro veces al año, y ya que todas ellas, aunque casadas, se habían quedado a vivir muy cerca de allí, en los pequeños montes que rodean el valle, era costumbre pasar por delante de la casa familiar, pero solamente para admirar las novedades de los suizos, sobre todo el cada vez más amplio y extravagante jardín con el lago artificial construido por ellos. La finca fue poco después vallada y casi no podíamos, al pasar con el coche, ya ver nada, salvo la bella terracita de la segunda planta de la vivienda, con su sencilla balaustrada de madera, así como la enorme y esbelta encina de la que tanto me había hablado siempre mi madre. Hasta hace cinco o seis años, sin embargo, no se me ocurrió presentarme y pedir permiso para entrar. Así pude enterarme de que, después del matrimonio de Suiza, llegaron otros de Alemania y de Francia, hasta que la finca fue comprada por su actual propietario, un arquitecto italiano, de Milán, llamado Lorenzo, al que en realidad no he llegado tampoco a conocer, pues parece que no viaja a la isla más que en un par de ocasiones al año y siempre por poco tiempo. A quien sí traté durante mi visita fue a un matrimonio filipino que llevaba viviendo en la casa desde hacía veinte años —¡mucho más de lo que mi abuelo llegó a vivir en ella!—, al servicio de unos y de otros, con una eficacia extrema, según pude deducir de la pulcritud y el orden que reinaban en la finca entera. Aunque me recibieron con desconfianza, como es propio ser recibido por los guardeses de una casa de campo, cuando les expliqué brevemente mis intenciones, se mostraron abiertos y afables, aunque también sorprendidos, como era de esperar. Dimos primero una vuelta por la finca, conversando a propósito de los naranjos y albaricoqueros, de cuyo aspecto estaban con razón muy satisfechos, tanto como lo estaban del pequeño huerto donde crecían los tomates, las lechugas y las judías, pasando por el pequeño lago decorativo, casi japonés, aquel día lleno de tórtolas a su alrededor. Antes de entrar en la casa, quise acercarme a la gran encina, tocar su tronco con mis manos, pues en aquella misma sombra, amplia y fresca, debió de jugar muchas mañanas el extraño, como también lo hizo mi madre muchas veces cuando, huérfana, iba a visitar a sus abuelos. De todo aquel mundo que se dio aquí y del que yo sólo poseo, en mi memoria imaginativa, algunas secuencias que me han sido transmitidas, pensé en aquel momento, sí, que no quedaba más que una sombra —aquella misma sombra de la vieja encina, por ejemplo, en la que yo estaba ahora junto al sonriente y extrañado matrimonio de Filipinas—, pero una sombra también que yo llevaba ya conmigo y que, desde entonces, ahora lo sé, ha continuado aún en mí con más fuerza y mayor misterio. Mi pertenencia a aquel lugar, sin embargo, era sólo un episodio pequeño de una historia familiar construida más con ausencias que con presencias, tejida con hilos largos pero descoloridos, seductora por lo que ocultaba más que por lo que mostraba. Y allí mismo, en aquel momento y en aquella remota finca a la que por fin había conseguido acceder, el más extraño de toda aquella historia era yo. También los hijos del matrimonio filipino, un chico y una chica, nacidos ya en la isla, criados en aquella misma casa, con su jardín y su encina, a los que no llegué a conocer porque a aquella hora estaban en el instituto, disfrutarán de su derecho, pensé también en aquel momento, a reclamar un día y en aquel mismo lugar, con más razón que yo mismo, su ración sentimental de recuerdos familiares. Cuando entramos por fin en la casa, y aunque en aquel interior apenas debía de haber cambiado nada, pues los sucesivos propietarios extranjeros se habían esforzado con el mejor gusto por mantener el aspecto de vivienda antigua y campesina, no sentí ninguna emoción especial, no al menos la que esperaba, la que había imaginado durante muchos años. Observé las viejas pero cuidadas vigas de sabina del techo, las pequeñas puertas que daban y siguen dando a los estrechos y cálidos dormitorios, las gruesas paredes de piedra encaladas, las minúsculas ventanas, la sencilla escalera interior de no más de diez peldaños, con sus baldosas de cerámica levantina, de inspiración árabe, y con su delicada barandilla de hierro. Pasé un buen rato allí, sin decir una palabra, solamente observando aquel pasado que perduraba y que yo creía conocer de algún modo, tratando en secreto de averiguar en cuál de aquellas habitaciones habría nacido y muerto mi abuelo, hasta que acepté por fin, con mucho gusto, el vaso de agua que me ofrecieron los guardeses, que era también su manera de decirme que ya era hora de terminar con la visita.

No quiso ser, pues, Pedro Marí Juan, abogado, sino militar ingeniero, pero de las circunstancias de esta decisión, qué dijo o qué no dijo el padre, si hubo asombro o desilusión en la familia de Morna, por qué escogió finalmente esta carrera, por influencia de qué o de quién, nada ha llegado hasta nosotros. Acabado el bachillerato, a los diecisiete años recién cumplidos, ingresó en la Academia de Ingenieros, que por entonces se encontraba en Guadalajara, en un viejo palacio remozado cien veces. Del joven cadete hemos podido saber que fue un buen alumno en Matemáticas, pasión que hemos heredado otros miembros de la familia, y que se interesó principalmente por las asignaturas de Mineralogía y Geología, así como por la de Fotografía. Fue también aplicado en Geodesia y Topografía, disciplinas de las que habría de ocuparse durante los dos primeros años de su primer destino africano. Pero por entonces la gran aventura de la aviación, aventura creciente en habilidad e ingeniería, era lo que con más intensidad apasionaba a todos los cadetes. A las aulas de la Academia acudían de vez en cuando para disertar y ser admirados antiguos alumnos como José Ortiz Echagüe, piloto de globo y pionero de la aerofotografía, o Alfredo Kindelán, el primer español en pilotar un dirigible, con su aura de expertos ingenieros y audaces innovadores. No se hablaba de otra cosa en aquel lugar más que de construir aviones o, al menos, de aprender los secretos de su mecánica. Se amaba el olor de los hangares y se miraba el cielo con envidia. Se soñaba con los desiertos, con la conquista de los océanos, con el silencio frío de las nubes. Constantemente llegaban noticias de aeroplanos perdidos en las dunas del Sáhara: durante algunos días los cadetes, preocupados, confiaban en que los pilotos aparecieran, rescatados milagrosamente por alguna cabila aliada, lo que, ciertamente, algunas veces ocurría, pero otras muchas no. Desde allí se vivió también, con ardor y con pesar, la guerra africana, que supuso, entre otras muchas pérdidas, la de doce aviones, algunos de ellos pilotados por quienes habían estado en la Academia hasta pocos meses antes, compartiendo la misma pasión voladora. Y mientras se soñaba con África, adonde finalmente irían a parar casi todos los cadetes poco tiempo después, porque era en estas regiones sometidas y rebeldes donde más iban a necesitar sus conocimientos, la disciplina castrense moldeaba a los soñadores, exigía siempre más de lo que podían dar, hasta convertirlos en mecánicos y constructores intrépidos. Así fue cómo cruzó Pedro Marí Juan la frontera entre la adolescencia y la juventud, entre los años 1917 y 1921, cada vez más lejos de la isla y de aquella otra isla más pequeña aún que era la casa paterna, allá en el remoto valle de Morna, por la que fue visto cada vez con menos frecuencia y hasta donde seguramente llegarían muy pocas cartas o ninguna. Siempre entre extraños, el adolescente solitario, cuya familia parecía habitar el rincón más perdido e inaccesible del universo, en vez de desarrollar la timidez o el solipsismo, tan propios de los isleños cuando se alejan de su isla, lo que hizo fue aprender a ganarse el afecto de sus compañeros y superiores, debido, en parte, a una virtud, tal vez innata pero seguramente ampliada por la necesidad, que lo acompañaría siempre, basada en la curiosidad extrema, minuciosa y auténtica por todo cuanto sucedía a su alrededor o en la vida de los demás, y que debió de convertirlo en un ser confiado en un mundo más bien hosco y rudo. (Pero puede también que esta virtud del abuelo, de la que he oído hablar tantas veces, no fuera más que simple inocencia, la misma que he podido apreciar en algunos de sus descendientes, ahora no viene al caso cuáles, y que de ningún modo, por la inoportunidad de sus consecuencias, podría considerarse exactamente como una virtud.)

De los días que, recién licenciado, pasó en la casa paterna, han llegado noticias que solamente podían ser alegres y festivas. Como una aparición, se presentó a principios del mes de junio de 1921, al menos dos años después de su última y también breve visita, con su nuevo uniforme azul y una maleta no muy grande, aunque bien cargada, y negra. Solamente de boca de las hermanas pudo llegarme la descripción de la reluciente guerrera, con fila de siete botones y emblemas del Arma militar —el castillo, la corona y las ramas de laurel y roble— colocados a ambos lados del cuello. El abuelo tenía los ojos azules, esto sí lo sé, como todas sus hermanas, aunque mucho más claros, sin embargo, que los que tenemos nosotros, los nietos y bisnietos, así que es fácil imaginar el efecto que provocaba aquella guerrera recién estrenada, tan ajustada al cuerpo del alférez que se diría que la hubiera llevado siempre. Hubo celebraciones, esto también lo sé, y los vecinos acudieron y compartieron el arroz, el cordero, el vino y todas las historias de la Academia que el protagonista quiso contar, en especial aquellas que causaban fácilmente la risa o el asombro. De aquellos días hablaron sus hermanas con admiración siempre y yo las escuché, repetidas, con admiración de nieto, buscando en ellas al hombre que también fue capaz de ser feliz aun habiendo muerto a los veintiocho años. El padre y la madre dieron entonces, complacidos y orgullosos, sus bendiciones al hijo, y le regalaron una cruz de oro que había pertenecido a no sé cuál de sus antepasados y que yo conservo ahora como reliquia tangible y cierta del extraño. Después de unos pocos días, cuando la emoción del encuentro fue diluyéndose y la familia continuó —como si el hijo y hermano no hubiera regresado, siguiera aún en su mundo lejano y casi inimaginable— con su rutina de trabajos en el campo, pero no sin antes haber recorrido, a veces en compañía de su hermana pequeña, Catalina, otra veces en solitario, los paisajes más queridos de la infancia, donde tuvieron lugar los juegos más recordados, como la torre árabe de Montserrat o la fuente y el estanque siempre lleno de ranas de Atzaró, ni sin haber visitado a algunos parientes ancianos o enfermos que ya no salían de sus casas, hizo la maleta, en la que ahora colocó bien doblado, como le habían enseñado en la Academia, su uniforme elegante, y se fue a la ciudad, donde buscó y encontró a algunos de sus antiguos compañeros del colegio valenciano, o a los hermanos de éstos, que habían acabado siendo como los suyos propios, con los que pasaría lo que quedaba del mes de junio, que era casi todo. Fue durante estas semanas festivas, dedicadas a la playa, a los bares y a los bailes nocturnos, cuando conoció a Nieves, es decir, a mi abuela, que por entonces era una adolescente que vivía en el barrio marinero de la ciudad, pues su padre, Antonio, era estibador, después de haber sido marino durante su juventud —hasta pocos años después de casarse—, y aunque el noviazgo no comenzó en estos días de junio, cabe suponer que sí la chispa del amor, porque hasta donde yo sé, desde entonces, todo fueron cartas y palabras enamoradas. Como tampoco he conocido a mi abuela, pues murió a los pocos años de nacer yo, el relato de aquellos amoríos no me ha llegado, aunque la fortuna quiso al menos que mi madre lograra conservar tres de aquellas cartas llenas de áridos perfumes del desierto.

Ninguna de aquellas tres cartas rescatadas, sin embargo, llegaron de Larache, el primer destino del alférez, ahora enamorado. Después de aquel feliz permiso insular lo que le esperaba era un paisaje diferente, una ciudad extraña, unos compañeros desconocidos, un cometido novedoso y, en definitiva, un territorio bien hostil, aunque ninguna de estas exigencias pudo haber inquietado a quien desde su infancia no había hecho otra cosa que enfrentarse en solitario a situaciones y circunstancias completamente nuevas. Por lo demás, África había habitado en sus sueños de cadete y ahora por fin tendría oportunidad de internarse en su oscura leyenda, con sus conocimientos técnicos adquiridos durante los últimos cinco años de su vida y su arrogancia de joven militar con ansias de aventura. En Larache, que era, desde que en 1911 desembarcaran las tropas españolas y pasara a formar parte del protectorado, una ciudad en permanente transformación, trabajó, en primer lugar, en las obras del aeródromo Auámara, y poco después en la ampliación de los cuarteles de Punta Nador, cerca del faro levantado por el ingeniero José Eugenio Ribera en 1914 —célebre por ser la primera torre construida con hormigón—, allí donde el río Lukus desemboca por fin en el Atlántico. En aquella ciudad llena de luz, de origen púnico, y en aquellos paisajes solitarios, pasó casi tres años ininterrumpidos, entre 1922 y 1924, adquirió experiencia al lado del capitán de Ingenieros Roberto Lazos, aprendiendo todo cuanto era necesario saber sobre el terreno, desde la selección de materiales hasta el diseño apropiado de los barracones, puso en práctica sus conocimientos topográficos, pero sobre todo tuvo que aprender también a convivir plenamente en la atmósfera militar africana, en aquellos años difíciles en los que las hostiles tribus rifeñas desafiaban constantemente el despliegue y el poder coloniales. Pero de Pedro Marí Juan en Larache nada más puede decirse, solamente que el mismo día en que abandonó para siempre aquel lugar de África viajó por fin a su isla para poder encontrarse de nuevo con Nieves, con quien se había prometido en sus cartas y a la que decía ya amar más que a nadie en este mundo.

II

Durante las casi tres horas de vuelo entre Madrid y El Aaiún me dediqué a pensar o más bien a hacer cábalas sobre la manera como el abuelo debió de llegar por primera vez hasta Cabo Juby a principios de 1927, si lo haría por mar, tal vez desde Málaga o Las Palmas, o por tierra, bordeando la costa atlántica, es decir, descendiendo por la frontera natural que separa, primero el océano de las cumbres del Atlas, después el océano del desierto, a través de caminos infames, desde Tánger o Larache. El Aaiún, hoy una ciudad bien poblada, aunque deprimida y sucia, ubicada a menos de treinta kilómetros de la costa, junto al cauce seco del río Saguia el Hamra, ni siquiera existía en 1927, como tampoco existía aún Sidi Ifni, mucho más al norte y ya fuera, aunque no lejos, de las líneas fronterizas saharauis. Ambas ciudades, que serían, durante las siguientes décadas, y hasta principios de los años setenta del pasado siglo, relevantes en el imaginario militar español de África, tal como su trazado y su arquitectura muestran todavía, fueron fundadas en los años treinta, no así Villa Bens, hoy Tarfaya, ni su cuartel de Cabo Juby, que no llegaron a ser nunca plazas principales pero sí estuvieron más o menos ocupadas durante los años veinte, desde que el teniente coronel Francisco Bens, célebre administrador colonial del remoto Río de Oro, al sur del Sáhara, decidió incorporar al protectorado, por su cuenta y riesgo, como suele decirse, estos y otros pedregales solitarios del desierto. En el aeropuerto de El Aaiún me esperaba Idir, que fue quien me animó a viajar hasta allí y quien me condujo al día siguiente, en el destartalado coche de un primo suyo, hasta Cabo Juby, situado a poco más de cien kilómetros al norte. La primera vez que Idir y yo hablamos de la posibilidad de este viaje fue a principios del año 2004, mientras él reconstruía unas paredes de piedra que una lluvia intensa y persistente había derribado en una finca cercana a la nuestra. Como yo estaba por entonces interesado en conocer la técnica tradicional de construcción de dichas paredes, técnica antigua que no utilizaba, por supuesto, el hormigón, sino una simple masa de cal y arcilla casi imperceptible, me acerqué a él y a su cuadrilla de peones, bereberes también como él, y así iniciamos largas conversaciones que empezaron con la selección y el tratamiento más adecuado de la piedra caliza y desembocaron en las arenas legendarias de Cabo Juby, que tanto Idir como los otros miembros de su equipo de albañilería conocían sin haber estado nunca en ellas, a través de remotas historias escuchadas en El Aaiún, ciudad donde habían nacido y crecido todos ellos, y a la que dos o tres años después de nuestro primer encuentro iban a regresar con la intención de fundar un negocio y de quedarse a vivir allí definitivamente con los suyos. Idir, afable conversador, enamorado de su tierra, me llevó primero a su casa, donde me esperaba su extensa familia y una comida generosa; dimos después un paseo por la ciudad, repleta de edificios descascarillados y plazas españolas donde sesteaban algunos perros flacos, para finalmente volver al piso estrecho pero bien apañado donde los niños corrían y gritaban a su antojo. A las ocho de la mañana del día siguiente ya estábamos en camino, viajando por una carretera desde la que casi siempre se veía el océano, a menudo con sus viejos cargueros varados y oxidados en la costa, y por la que, al menos aquel día y a aquella hora, circulaban muy pocos coches: la carretera del desierto. Era el mes de noviembre, así que no pasamos mucho calor, aunque el sol lo invadía todo con fuerza y el desierto se extendía, a nuestra derecha, como un horizonte interminable y monocorde, del color de la piedra muerta y del viento enloquecido. Para Idir aquél era también un viaje extraño que seguramente no hubiera hecho nunca de no haber sido por lo que él creía que era, en un sentido muy amplio, desde luego, el deber de la amistad, aunque curiosidad sincera no le faltaba tampoco, como pude comprobar desde que salimos de El Aaiún, con sus preguntas insistentes y nunca satisfechas a propósito de mi abuelo, de su estancia en aquel lugar tan solitario y, en definitiva, de mis intenciones en general con aquel viaje y aquella extraña historia. El coche era lento, como la carretera oscura lo era también, y todo discurría entre remolinos de arena, bajo un cielo muy blanco, hasta que por fin llegamos a Tarfaya, un pequeño y triste poblado al lado del mar, y a Cabo Juby, un lugar mucho más desolado aún de lo que yo había imaginado, cubierto por la arena y salpicado por las olas.

En lo que hoy no son más que las ruinas de Cabo Juby, Pedro Marí Juan pasó un año, el último de su corta vida, desde la primavera de 1927 hasta la de 1928, ahora ya como teniente de Ingenieros, grado máximo que llegaría a alcanzar. Aquel mismo año de su llegada, sólo dos meses antes, a principios de febrero, se había casado con Nieves, es decir, con su prometida desde hacía unos pocos años, mi abuela, quien, por supuesto, se quedó en su casa —en casa de sus padres—, en el barrio marinero de la ciudad de Ibiza, y no viajó al desierto con su marido. Desde que abandonó Larache en 1924 y hasta su nuevo destino, tres años después, en Cabo Juby, del extraño solamente se suponen trayectos, idas y venidas, cartas de amor tristes o apasionadas, uniformes sudados, llenos de polvo, y que estuvo, en fin, destinado en algún otro lugar que no sabemos, seguramente también de África, pero que allá donde estuviera aquel otro lugar desconocido consiguió ascender de grado para alegría y orgullo de todos. Peores plazas que la de Cabo Juby no podía haber muchas, sin embargo; es lo que primero me vino a la cabeza mientras contemplaba los fragmentos inútiles de los barracones hundidos en las dunas, los muros azotados por el viento del Atlántico, el viejo fortín ennegrecido entre la espuma del mar. Ni las almas de los ahogados pasearían por este lugar inhóspito, este lugar en ninguna parte, campamento sin fantasmas ni recuerdos. Cada nueva fotografía que tomaba se parecía a la anterior y a la siguiente: todas captaban el frío solamente, la humedad de los años, las piedras que asomaban para herir y para ser olvidadas. Cabo Juby, Cabo Juby, ¿para qué viniste al mundo con tu hermoso nombre en medio de la nada? Y, sin embargo, las tres únicas cartas del abuelo conservadas en el cajón de la cómoda nos hablan también de noches claras y diáfanas, de quietud misteriosa, de gratos encuentros y conversaciones animosas, de sueños ardientes, casi irreales. No había, cuando llegó a este lugar, más que un pequeño destacamento de Infantería encerrado en el antiguo fortín español, más conocido como Casa del Mar, o también Casa del Inglés —en honor de un viejo loco, Donald Mackenzie, que en realidad era escocés, y que estableció allí un almacén con productos llegados de Dakar, a finales del XIX —, un grupo de hombres jóvenes, aburridos y desconfiados, con la cabeza rapada, porque había que evitar a toda costa unos cabellos siempre llenos de arena, al mando de un viejo teniente coronel, y ocupados únicamente en la seguridad del rudimentario aeródromo que, por entonces, sólo hacía servir una compañía comercial francesa, la Aéropostale, la cual, desde hacía un año y medio, había decidido establecer su base en aquel solitario paraje, por increíble que pueda parecernos ahora y pudiera tal vez parecerlo ya en aquel tiempo. A este lugar fue enviado nuestro extraño para construir unos hangares y para acondicionar la pista del aeródromo, pues estaba previsto que llegaran hasta allí para quedarse, como ocurrió un año después, la escuadrilla española del capitán Ignacio Hidalgo de Cisneros, compuesta por tres Breguet 14 A2, con el objeto de proteger la aviación comercial del Sáhara. Y si aquello no era un castigo para todos, una pesadilla hecha realidad, qué otra cosa podía ser. Para todos, menos, tal vez, para los franceses, que habían escogido aquel lugar por sus virtudes estratégicas, con la alegre confianza de que, desde allí, algún día no muy lejano, conseguirían pasar a la Historia volando hasta Buenos Aires, como así ocurrió ciertamente. Con alimentos que, un par de veces al mes, traía un barco desde Las Palmas, aquel grupo de hombres sobrevivía mientras mataba las horas jugando a las cartas en la cantina, disparando a las gacelas que se acercaban hasta la alambrada y observando las llegadas y salidas de los ligeros aparatos franceses, y siempre inmersos en la misma y monótona atmósfera con olor a gasolina, a aceite y a camellos, masticando arena y sudando salitre. Había poco contacto con los bereberes, que también se acercaban hasta la alambrada, a veces para intercambiar alimentos y a veces no se sabía para qué. La desconfianza era mutua, como puede suponerse, y aquella relación transitaba siempre entre las mayores dificultades, si bien la mayoría de las anécdotas, simpáticas o desagradables, provenía de aquel mismo encuentro entre hombres perdidos en aquel lugar también perdido y olvidado.

Fue Idir, mi acompañante y amigo, el primero en descubrir, aquella misma mañana de noviembre, el monolito levantado en honor a Antoine de Saint-Exupéry, porque yo andaba demasiado ocupado tanto con las fotografías como intentando reconstruir con la imaginación el ruinoso fortín y la desaparecida pista para los aviones, y, de hecho, hasta me había olvidado completamente, a pesar de que, sólo una hora antes, durante el trayecto en coche, le había hablado de su existencia. El pequeño monumento se alza sobre una base circular de hormigón, en medio del arenal, y todo en él parece estar hecho para que el viento no se lo lleve, a pesar de que la escultura de hierro que descansa sobre un pesado y cuadrado pedestal de piedra representa precisamente a un ligero Breguet 14 como los que consiguieron hacer volar aquí franceses y españoles a finales de los años veinte y principios de los treinta. Cuando Antoine de Saint-Exúpery, piloto aventurero, escritor que por entonces había escrito muy poco y publicado nada, llegó a Cabo Juby para ocuparse, como máximo responsable, de la base de la Aéropostale, el teniente Marí Juan llevaba sólo tres semanas en aquel lugar y aún no había podido empezar los trabajos, pues, aunque buena parte del material que necesitaba ya había llegado por barco desde Las Palmas, la contratación de trabajadores bereberes, sin embargo, estaba resultando complicada. La llegada del francés fue entonces decisiva. En la primera de las tres cartas que se han conservado del abuelo, y como sólo he podido comprender al cabo de muchos años, después de buscar y encontrar noticias sobre la vida en Cabo Juby durante aquel tiempo, se menciona la afortunada intervención en este mismo asunto del recién llegado jefe de estación, del que no se apunta su nombre —no importaba para nada, ya que nadie lo conocía—, una ayuda caída del cielo, desde luego, que permitiría llegar a acuerdos satisfactorios con alguna de las ariscas tribus del lugar, ya fuera porque Saint-Exupéry les inspirara a éstas, imposible saber por qué, más confianza, o ya porque tuviera algún talento negociador o embaucador que consiguiera hacerlo todo más fácil.

39

Todos los datos parecen apuntar a que el teniente de Ingenieros y el jefe de estación iniciaron de este modo una relación necesaria y útil para ambos durante aquel año de trabajos: el tiempo que se tardó en construir los hangares y mejorar en lo posible las condiciones del aeródromo, habitualmente invadido por las dunas. Solamente son tres las cartas conservadas, como ya se ha dicho, de manera que uno quisiera pensar que en las que se perdieron se habló profusamente de esta relación, de sus conversaciones medio en español medio en francés, y quién sabe —me he repetido a mí mismo muchas veces— si el abuelo hasta llegó a saber que aquel hombre, sólo dos años mayor que él, cuando no volaba hasta Villa Cisneros o Dakar, o compartía vinos en la cantina con sus compañeros, se encerraba en su habitación —residía también en el fortín, con los militares españoles— para escribir las primeras páginas de su libro *Courrier du Sud*, aunque aquí quienes están informando son, claro, solamente los deseos del nieto, o lo que es lo mismo, mi manera de dibujar al extraño con trazos más gruesos. Ni una palabra más sobre el piloto en las otras dos cartas conservadas, ni apenas sobre los aviones con los que tanto había soñado en su dormitorio de cadete, pero sí sobre lunas extraordinarias y oleajes temibles, sí sobre medusas gigantes y alaridos del viento, sí sobre tormentas de arena y noches profundas y estrelladas, sí sobre el miedo a no volver nunca más. Tampoco por el abuelo, pero sí por Saint-Exupéry, por las cartas que éste envió a su hermano y a su madre, averiguamos hasta qué punto, salvo que al escritor se le hubiera ido la mano exagerando, Cabo Juby era una plaza peligrosa. En ellas se habla constantemente de lluvia de balas hostiles, de alambradas que conviene no traspasar si se pretende seguir con vida, de crueles secuestros, de tribus nómadas enfrentadas entre sí, de chacales en la oscuridad. Por estas otras cartas ajenas sabemos también que, entre los peones contratados, hubo algunos esclavos negros, propiedad de los bereberes, que por lo visto trabajaban más que nadie, y a los que ni españoles ni franceses, por más pena y compasión que llegaran a sentir, pudieron, sin embargo, ayudar como hubieran querido, es decir, consiguiendo para ellos la libertad, pues cualquier acción en este sentido hubiera desembocado, *bien sûr*, en un conflicto mayor... También Antoine de Saint-Exupéry se ocupa en su expresiva correspondencia desde Cabo Juby de sus aventuras aéreas por el desierto, siempre entre miles de balas y averías inoportunas en tierra de nadie, aventuras peligrosas que parecen ir de las cartas a la novela que ya estaba escribiendo y de la novela otra vez a las cartas, como si se le hubieran traspapelado todas las hojas en uno de aquellos golpes de viento arenoso. En unas hojas y en otras, al piloto escritor, o al escritor piloto, lo vemos de pronto, como en alguna de aquellas películas mudas de la época, en rápidas y cómicas secuencias, cazar leones, salir después a buscar camaradas perdidos y a rescatar aviones, invitar a tomar el té a algunos jefes de cabilas a los que considera amigos, admirar la sutileza del camaleón que cuida como mascota en su dormitorio, para acabar jugando tranquilamente al ajedrez con los oficiales españoles. Y, como en las cartas del teniente Marí Juan, también en las de Saint-Exupéry asoma de vez en cuando la nostalgia de una vida placentera y fácil, el deseo de regresar a casa y de terminar por fin con aquel lugar llamado Cabo Juby.

Y bien, uno quisiera entonces, como no podría ser de otra manera, que nuestro extraño hubiera compartido con aquel aventurero mucho de lo que éste cuenta en sus cartas y en las páginas de su novela, o que al menos hubiera guardado en su memoria un puñado de anécdotas para su hija y para sus nietos, para cuando Antoine de Saint-Exupéry llegara a ser célebre y sus desiertos, sus aviones y su principito poblaran la imaginación de los lectores. O que también hubiera podido escribir, muchos años después, desde la distancia que todo lo convierte en un conjunto de amables sensaciones de juventud, aquellos recuerdos de los días de Cabo Juby, como sí pudieron hacer otros, el capitán Ignacio Hidalgo de Cisneros, por ejemplo, digno aventurero también de su tiempo, que por fin llegó en marzo de 1928 con su escuadrilla de tres aviones para quedarse y compartir con la compañía francesa el aeródromo y los nuevos hangares. Uno quisiera ver entonces también a nuestro extraño, y es así como empecé a verlo mientras regresaba en avión desde El Aaiún —después de haberme despedido de Idir y de su extensa familia, después de abandonar por fin y para siempre aquellas tristes ruinas del desierto—, envuelto en las divertidas anécdotas que aquel capitán español contaría décadas después —cuando, ya general y tras haber sido Jefe de la Fuerza Aérea Republicana, vivía exiliado en Bucarest— sobre la vida extrema, insoportable, en Cabo Juby, pero sobre todo también a propósito del valiente y extravagante jefe de estación francés. O quisiera incluso que se hubiera subido para volar alguna vez, con todos sus peligros, en uno de aquellos ligeros Breguet 14, sí, porque qué es, en definitiva, un

43

abuelo, y más un abuelo que no hemos conocido, sino un ser en el que podemos confiar plenamente y del que esperamos siempre el mejor de los relatos. ¿Lo hizo? Aquí, en estas páginas, por supuesto, podríamos hacerlo volar hasta Dakar o Agadir, llevarlo hasta aquel cielo ardiente para que pudiera contemplar toda la belleza desolada del desierto en su máxima extensión, toda la fuerza solemne del Atlántico, pero lo único que sabemos cierto de él es que, por aquellos días de marzo, cuando la esperada escuadrilla del capitán Hidalgo de Cisneros se había instalado en el fortín, ya se encontraba gravemente enfermo. Había conseguido pasar las navidades con su familia, con lo que pudo de esta manera conocer a su hija recién nacida, y a su regreso a Cabo Juby, a principios del mes de enero de 1928, según parece durante el mismo viaje —largo y poco saludable trayecto en barcos, primero hasta Barcelona, después hasta Las Palmas y, finalmente, hasta Cabo Juby— enfermó de neumonía. Aquél fue un invierno muy duro que no lo ayudó a recuperarse, solamente leves mejorías transitorias que terminaban, al poco tiempo, en recaídas más agudas. Pasó buena parte del mes de febrero encerrado en su habitación húmeda, azotada constantemente por las olas, con fiebre alta y tos, y sólo cuando empezó a escupir sangre, el médico del fortín decidió trasladarlo al hospital militar de Las Palmas —lo que no pudo haber ocurrido inmediatamente, salvo que hubiera sido llevado en uno de aquellos aviones franceses o españoles—, desde donde pocas semanas después, por su empeño personal, y aprovechando uno de aquellos leves pero engañosos mejoramientos, viajaría de nuevo —también en penoso trayecto de barcos sucesivos—, hasta su isla, tal vez con la intención de morir en paz, porque todo cuanto ocurrió desde su regreso no invita a pensar en otra cosa. Desembarcó con fiebre, tosiendo, más flaco que nunca, con la piel amarilla, cargando con aquella misma maleta negra, aunque ahora menos pesada, con la que había llegado unos años antes para celebrar con los suyos el final de su etapa en la Academia. Era ahora el mes de mayo, sus primeros días, y hacía calor, no todo el calor que puede llegar a hacer en el Mediterráneo, pero sí un intenso calor diurno que por las noches se convierte en pura humedad fría. Parecía como si la guerrera le viniera muy grande y sus ojos fueran menos azules. La pequeña y joven familia que había fundado un año antes se trasladó con él a la casa paterna de Morna, donde el enfermo recibió también las atenciones de sus padres y de las hermanas que aún no se habían casado y continuaban, por tanto, viviendo allí, atenciones que no sirvieron de mucho, o tal vez sólo como consuelo, pues el hijo, el hermano, el marido y ahora también el padre moriría por fin, con fiebre y delirando, escupiendo sangre, sólo dos semanas después de su llegada.

Pero tampoco de aquellos días tristes en la casa de Morna me han llegado más noticias, y no porque yo no quisiera saber más o no hiciera las preguntas, sino porque las hermanas que estuvieron presentes y a quienes llegué a tratar durante mi infancia y adolescencia, cuando llegaban a este punto del relato, dejaban de hablar, de pronto todo eran suspiros y lamentos ahogados, pañuelos que salían misteriosamente de bolsillos invisibles, hasta que, al cabo de unos minutos, después de aquel silencio oscuro, esbozando de nuevo una sonrisa, me decían, una vez más, que cuánto me parecía yo a mi abuelo, aunque no consiguiera nunca tampoco que me explicaran exactamente en qué.

REAPARICIÓN Y MUERTE
DE NUESTRO TÍO ALBERTO

I

Tuve por primera vez noticia de nuestro tío Alberto solamente una semana antes de conocerlo, cuando yo tenía once años y él estaba a punto de cumplir los sesenta, y si mi padre, hasta entonces, no me había hablado de aquel hermano suyo, o hermanastro, o medio hermano, o como quiera que haya de llamarse a la persona que comparte con otro únicamente a uno de sus progenitores, en este caso al padre —es decir, a mi abuelo paterno, también llamado Alberto—, no había sido, estoy seguro, porque existiera alguna turbia razón para ocultarlo, ni siquiera algún enfado juvenil que hubiera devenido irreversible, sino simplemente porque la vida de mi padre, que por entonces había alcanzado la redonda cifra de los cincuenta años, había transcurrido sin él y sin noticias suyas de ninguna clase desde su ya lejana infancia, de manera que no sólo poseía débiles recuerdos de aquel extraño, sino también la sospecha de que podría haber muerto ya, tal vez incluso en su juventud, durante la guerra civil, aunque en ocasiones, más bien escasas, pensara que se encontraba vivo, sí, pero en algún lugar imposible de determinar, tal vez incluso lejos de España... Ahora bien, para conocer la profundidad de aquel desinterés absoluto de mi padre por su hermano y el verdadero significado de su silencio habrá que decir algunas palabras también sobre las circunstancias de la separación. Las diremos después, estas palabras, porque ahora lo que me viene a la cabeza son las imágenes del reencuentro, aquella tarde del mes de julio de 1974, cuando fuimos a recibirlo al puerto, mis padres, mi hermana, yo, imágenes que conservo tan bien en mi memoria seguramente por la expectación, la ansiedad, la sorpresa y, en definitiva, por todas las emociones que aquella visita había despertado en mí y en mi familia, y que se complementan con las tres fotografías que alguien tomó aquella tarde, tal vez mi madre, y en las que aparece, muy sonriente, aquel hombre viejo que en nada se parecía a mi padre, súbitamente llamado «tío», calvo, muy flaco y huesudo, con unas enormes gafas de concha, vestido con un traje azul no muy nuevo, con corbata también azul, aunque en otro tono, la camisa blanca, zapatos de charol muy grandes, una elegancia desgarbada, propia de un hombre altísimo y feo, propia también de un hombre que, además, llevaba consigo una maleta tan vieja que parecía que iba a partirse en dos en cualquier momento, dejando al descubierto toda la ropa interior, un par de zapatos sucios y el cepillo de dientes. Así llegó hasta nosotros tío Alberto, después de haber descendido por la tambaleante escalerilla y haber adivinado nuestra presencia, para abrazar primero, con fuerza emocionada, a mi padre, que se mantuvo algo frío y distante, como acostumbraba a ser con los desconocidos, besar después a mi madre, con cierta timidez, y para finalmente agacharse y así poder mirarnos a los ojos a mi hermana y a mí, decirnos algunas palabras amables, acariciarnos la cabeza y darnos también un beso a cada uno. Como, entretanto, se había hecho la hora de cenar, porque el barco, como por entonces ocurría casi siempre, llegó con bastante retraso, mis padres decidieron, o tal vez ya lo habían decidido antes de salir de casa, ir a uno de nuestros restaurantes favoritos en el puerto, Casa Juanito, donde era costumbre degustar el pescado fresco del día, aunque yo siempre prefería pedir cualquier otra cosa, macarrones con tomate, por ejemplo, o albóndigas con patatas. De entrada, ya nos sorprendió a todos que tío Alberto pidiera lo mismo que yo y renunciara así al exquisito pescado a la plancha, que aquel día era lubina, o dorada, no lo recuerdo bien, porque, según dijo, el pescado siempre le causaba acidez de estómago, lo que provocó que mi madre y mi padre se miraran disimuladamente, con una complicidad llena de ironía que iría aumentando en los días siguientes y de la que acabaríamos participando también mi hermana y yo, porque en verdad aquel extraño, y en aquella primera cena tuvimos ya oportunidad de saberlo bien, era un hombre torturado por mil manías diferentes, tics nerviosos y alguna que otra tartamudez, siempre entre muy educados modales y sonrisas afables. Así fue cómo conocimos y aceptamos en aquella noche de verano de 1974 a aquel nuevo e inesperado pariente, pero lo que para mi madre, para mi hermana y para mí no era más que una aventura divertida, creo poder decir ahora que para mi padre se trataba, sin embargo, de un episodio lleno de angustia, el principio de una sorpresa de la que ignoraba, con temor, su desarrollo y desenlace. Durante la cena, tío Alberto estuvo muy locuaz, describiéndonos el viaje en barco desde Barcelona, durante el cual se había mareado varias veces, a pesar de las pastillas y de no haber salido a cubierta ni una sola vez, ni siquiera para ver a un grupo de delfines que había aparecido de repente siguiendo la estela del barco y convirtiéndose para los pasajeros en la mayor atracción, tal vez la única, de una travesía habitualmente monótona. Nos dijo que, en primer lugar, saliendo de Barcelona, había hecho algunos crucigramas, antes del primer mareo; después, ya recuperado, había sacado de la maleta su tablerito plegable de ajedrez y había resuelto fácilmente algunos problemas que venían también en los periódicos del bar. El segundo mareo le sobrevino después de haber comido un bocadillo, y aún hubo otros durante el largo trayecto de nueve horas, que también nos relató con minuciosidad, como si se tratara de la primera vez que viajaba en un barco, lo cual no era ni mucho menos así, como después supimos. Mi padre estuvo callado durante la cena, escuchaba a su hermano y nos miraba a nosotros, ahora pienso que en realidad no sabía qué hacer ni qué decir, y que la situación, si no lo sobrepasaba completamente, al menos le resultaba difícil de comprender y de aceptar como real, todo lo contrario que a tío Alberto, que hablaba y comía macarrones como si nos conociera de toda la vida, sin ningún esfuerzo aparente. Al fin y al cabo había sido él quien nos había buscado y había querido encontrarnos, y ahora por fin nos tenía allí delante, en la misma mesa, aunque no hubo aquella noche, en ningún momento, ni en la cena ni después, ya en casa, ninguna pregunta trascendente, es decir, ninguna de las preguntas que, supongo, mi padre temía que se pusiera a hacer el recién aparecido en cualquier momento. Se empeñó en pagar la cena y, de camino al coche, pasamos por Los Valencianos, como hacíamos siempre que cenábamos en el puerto, para tomar un helado. Allí mismo se produjo ya una escena que seguramente sólo mi padre había previsto: nos encontramos con un matrimonio amigo de la familia al que hubo que presentar a tío Alberto. Cuando mi padre dijo, con timidez, después de carraspear un poco, «mi hermano», todos nos quedamos bastante asombrados, y no sólo aquel matrimonio, el cual, por supuesto, ignoraba que mi padre tuviera un hermano, sino también nosotros, porque empezamos a comprender, cada cual a su manera, el nuevo plano de la realidad en el que nos hallábamos. Tío Alberto, sin embargo, del modo más natural, después de dejar su vieja maleta en el suelo, con el cucurucho de chocolate en la otra mano, saludó efusivamente a la pareja, entre tics nerviosos y palabras cariñosas. Las preguntas y respuestas llegaron en los días siguientes, pero en diálogos en los que sólo participaron los protagonistas. Así los hermanos, reunidos cuarenta años después de la última vez en que se habían visto, se pusieron al día, si es que lo que hicieron y dijeron durante aquellas semanas es posible expresarlo de este modo, mi padre debió de explicarle cómo había llegado a Ibiza en 1955 y por qué razón había decidido quedarse y no regresar a Madrid, mientras tío Alberto le debió de explicar también su vida, que había sido y continuaba siendo la de un jugador de ajedrez profesional, sin familia, dedicado únicamente a su rara carrera, con residencia en Buenos Aires durante casi veinticinco años, después también en Burdeos, donde se casó y enviudó casi al mismo tiempo, y finalmente en Bilbao, donde vivía entonces, aunque desde muy joven había viajado por el mundo continuamente de torneo en torneo, con más o menos suerte, si bien todas estas cosas, me imagino, aunque de un modo muy general y rápido, ya se las habrían dicho por teléfono en los días previos a la visita, es decir, cuando tío Alberto hubo localizado a mi padre, al parecer sin demasiada dificultad, simplemente acudiendo a las oficinas centrales de la por entonces llamada Compañía Telefónica Nacional. Por qué hasta entonces no se habían buscado, no habían intentado volver a verse, tuvo que ser también tema de conversación, seguramente el más doloroso, pero del contenido de las excusas que surgieran en aquellos diálogos fraternos nada me ha llegado, aunque al menos en parte podría adivinarse, sobre todo si nos aproximamos, repito, a los días y a las circunstancias de la separación, ocurrida en el ya muy lejano 1934, cuando mi padre tenía diez años y su hermano diecinueve.

Tampoco mi padre nos habló nunca mucho, ni antes ni después de la aparición de su hermano, del divorcio de sus padres, del que siempre dijo conocer muy pocos detalles y todos ellos, además, provenientes de una única versión, la que recibiera de su madre, es decir, mi abuela, Asunción, a quien recuerdo bien, aunque con las sombras propias de la distancia inabordable: aquella anciana delgadísima y elegante cuyos perfumes parecían contener esencias de otro siglo, ya extintas para siempre; como sus numerosos y brillantes vestidos estampados, hilos de una seda descatalogada. Aunque era bastante habladora, lo cierto es que siempre se mostraba, lamentablemente para las intenciones de este relato nuestro, distante y poco comunicativa cuando se trataba de abordar viejos asuntos de familia. Recuerdo, entre otras muchas cosas que ahora no vienen al caso, que, siendo yo un niño, cuando íbamos a visitarla una vez al año a su casa de Madrid, en la calle Galileo, donde pasábamos al menos dos semanas, siempre encontraba algún momento para señalar, con su gesto serio habitual, mi gran parecido con el abuelo, su marido, lo que no podía significar nunca nada bueno, como sabíamos todos. Por el relato siempre escueto de mi abuela Asunción, pues, una mujer llena de amarguras, solitaria, desconfiada, que llevaba la cuenta y todo el peso de sus decepciones familiares en la vida, aunque con una coquetería bastante saludable, sabía mi padre solamente que se había casado en 1923, en la iglesia de los Ángeles, en Cuatro Caminos, Madrid, y que el novio era casi veinte años mayor que ella, capitán de Infantería, viudo y con un hijo llamado como él, Alberto. Se fueron a vivir los tres a una casa de la calle Raimundo Fernández Villaverde, donde nació mi padre un año después. El matrimonio duró once años, entre desavenencias constantes, nunca precisadas. Mi abuelo se marchó entonces de Madrid, ya comandante, poco después de haber firmado los papeles del divorcio, y se llevó con él a su hijo Alberto. Apenas volvieron a tener noticias suyas, pero un año y medio más tarde, a través de un hermano de mi abuela, también militar, supieron que mi abuelo había muerto de un infarto en Valencia. A estas informaciones mínimas, mi padre sumaba otras que estaban relacionadas directamente con aquella ruptura: que mi abuela encontró entonces trabajo en un colegio como profesora de música; que dos hermanas suyas, solteras, mayores que ella, Amparo y Dolores, también maestras, fueron a vivir con ellos; que de los trámites del divorcio se había ocupado una abogada célebre, Victoria Kent, diputada republicana, quien, por lo visto, era amiga de la familia; y, por último, que, en los cuatro o cinco meses siguientes, al menos en un par de ocasiones, mi padre había vuelto a ver a su padre, aunque no recordaba si se encontraba con él también Alberto, el hermano. Luego desaparecieron para siempre, padre y hermano, sin dejar rastro, sólo un puñado de recuerdos y afectos que se desvanecieron muy pronto. Recuerdo que cuando tío Alberto, al día siguiente de su llegada, se puso a practicar jugadas de ajedrez en la salita de nuestra casa, a «entrenarse», como solía decir, mi padre se puso lívido súbitamente, sin que nadie más que yo llegara a darse cuenta, al comprobar que aquel tablero con el que su hermano ensayaba nuevas partidas era el mismo con el que también él había aprendido a jugar con ayuda de su padre. Este pequeño tablero plegable de madera, de fichas rojas y blancas, con estuche de piel, lo he conservado yo como única reliquia proveniente de aquel esquivo comandante y del reaparecido ajedrecista, su hijo, y con él continúo todavía intentando resolver con más o menos pericia los intrincados problemas de ajedrez de los periódicos.

A nuestro tío Alberto le gustaba la playa, si bien, para empezar, no tenía bañador y hubo que ir con él a una tienda para comprárselo. Su alta y desgarbada figura en bañador, en la orilla del mar, contemplando a los bañistas, sonriendo, es una de las imágenes más nítidas de aquellos días de julio. O bien sus paseos por la playa, con mi padre, de una punta a otra, y luego otra vez, hablando sin parar, ahora con los pies en el agua, ahora en la arena seca, con sombrero de paja o sin él. Luego entraba en el mar, se agachaba hasta quedar bien mojado y volvía a salir. Siempre decía que el agua estaba fría. Una vez cogió una medusa con la mano, no había visto jamás ninguna —al menos como aquella—, pero por suerte la picadura apenas le hizo ningún daño y ya por la tarde la marca incluso había desaparecido. Cada día, antes de salir de casa se ponía los aceites que mi madre le recomendaba que se pusiera para no quemarse, y se lo tomaba tan en serio, untaba con tal cantidad su cuerpo, blanco y lleno de lunares, que brillaba toda la mañana entera, húmedo y pegajoso. A veces, mientras miraba el mar, en la orilla, siempre de pie, se fumaba una pipa. Nosotros, mi hermana y yo, estábamos a lo nuestro, jugábamos, nos bañábamos o descansábamos del sol bajo la sombrilla, pero siempre atentos a lo que hiciera tío Alberto, con la esperanza de ser sorprendidos una y otra vez con alguno de sus tics o alguna nueva extravagancia. Descubrimos que hablaba lenguas extranjeras: le oímos hablar en alemán con una mujer que decía haber perdido una pulsera en el agua mientras se bañaba tranquilamente con su marido, en inglés con el camarero del chiringuito —el camarero era español, pero seguramente creyó que nuestro tío no lo era—, en francés con unos niños que le pidieron que les lanzara la pelota que había caído muy cerca de él, en italiano con una chica que estaba leyendo un periódico tumbada en una hamaca. Más tarde supimos también que podía leer en ruso, al menos el ruso de las revistas de ajedrez, que había podido aprender en Moscú, según decía, durante una estancia de casi seis meses en aquella ciudad. Se hizo el amo y señor de la orilla y a los pocos días ya era todo un personaje allí, entre la arena y el mar, saludado por todos y atento a lo que ocurriera en aquel territorio donde se encontraba tan a gusto. También solía sentarse un rato junto a mi madre, que habitualmente no se movía de su toalla salvo para darse algún chapuzón rápido, y conversaba con ella sobre cualquier tema de la playa misma —la gente que había, cómo quemaba la arena, si el agua estaba revuelta o no— con la intención de ser amable sobre todo. A mi hermana y a mí nos iba diciendo algunas palabras a lo largo de la mañana, pero la verdad era que no estaba acostumbrado a tratar con niños y no sabía muy bien qué decir ni qué hacer. «¿Os estáis divirtiendo?», nos preguntaba cuatro, cinco, seis veces, en fin, cada vez que pasábamos, casi siempre corriendo, cerca de él. O también, «cuidado con las medusas», a pesar de que él las acababa de conocer y nosotros ya teníamos una larga experiencia con ellas y sabíamos perfectamente que no debían cogerse con las manos. «Cuidado tú, tío Alberto», le respondía mi hermana, y yo me partía de risa.

Pasábamos las mañanas en la playa de las Salinas y regresábamos a casa para comer, aunque nunca antes de las dos. Él no tenía la costumbre de hacer la siesta, sino que se quedaba en la salita, a veces con la televisión encendida, practicando con su pequeño tablero de ajedrez, siempre con alguno de los libros que había traído, entre los que se encontraban dos que él mismo había escrito hacía muchos años: *Nuevos secretos del gambito de dama* y *En torno a la defensa siciliana III*, libros que ya tenían sueltas casi todas sus páginas y que además estaban amarillas. A partir del cuarto o quinto día de su estancia empecé a mostrar alguna curiosidad por sus partidas solitarias, así que, después de comer, en lugar de irme a mi habitación, como hacía siempre, me quedaba yo también en la salita y seguía sus movimientos sobre el tablero, que él repetía en voz alta para mí. Por entonces yo sabía mover las piezas, pero poca cosa más, ni sabía que hubiera tácticas escritas de ataque y defensa, un catálogo interminable de aperturas que dejaban a los jugadores en posiciones más o menos ventajosas para afrontar el medio juego: ni siquiera sabía que existiera el medio juego. Ante mi asombro, tío Alberto se reía y me mostraba con una rapidez insólita todas las jugadas que se derivaban de un mal movimiento mío, hasta llegar a un punto en el que yo me perdía y ya no entendía nada. Fue de este modo como, en una ocasión, me dijo que, cuando mi padre era niño, jugaban con aquel mismo tablero, y que él ganaba siempre, por supuesto, pero que tuvieron que dejar de jugar, ya que mi padre se enfadaba mucho, era muy mal perdedor y recurría siempre a su madre, lo que provocaba que ésta acabara enfadándose también, fulminando al hijastro con una de sus temibles miradas por haber hecho llorar a su niño. «Espero que tú no seas tan malcriado», me dijo, entre risas, aunque sólo él se reía, ya que a mí no me hacía ninguna gracia aquella anécdota, la única que llegó a contarme de aquella lejana infancia compartida, pues me parecía ver a mi pobre padre abrumado por la fuerza y el talento ajedrecístico de aquel muchacho grandote que presumiblemente debía de ser ya tío Alberto a sus dieciséis o diecisiete años, tal vez humillándolo por no saber jugar tan bien como él. Y aunque podía hacerme una idea bastante precisa del terrible momento en que mi abuela Asunción, con su mal carácter que no me era desconocido, decidía intervenir en aquellas disputas entre hermanos, yo sólo podía tomar partido por mi padre y no por aquel hombre feo y raro al que sólo hacía unos días que acababa de conocer y del que no había podido averiguar más que una sola cosa, que era bueno jugando al ajedrez, lo cual no era mucho, pues en mi clase había al menos tres niños que jugaban muy bien y eran además buenos en otras disciplinas, como matemáticas o dibujo, mientras que de tío Alberto no sabíamos si realmente podía hacer algo más que jugar al ajedrez. Y de hecho no tardé en saber, casi al mismo tiempo que mis padres, que, ciertamente, no había sabido nunca hacer nada más.

Al atardecer, cuando empezaba a hacer menos calor, y como era también costumbre en mi familia durante los meses de julio y agosto, salíamos de casa para ir al puerto, donde, como decía mi padre, al menos corría el aire. Nos sentábamos en la terraza del bar del casino, casi siempre en compañía de amigos de mis padres, hasta que se hacía de noche. Veíamos llegar algunos barcos y salir otros, contemplábamos el desfile habitual de los turistas y tomábamos helados y horchatas. Mis padres charlaban con sus amigos, mientras mi hermana y yo, después de terminar los helados, íbamos con los nuestros a pasear hasta el faro, donde siempre compartían espacio los solitarios pescadores de caña y las parejas de novios, o nos acercábamos a los lujosos yates amarrados para curiosear en su interior desde el mismo muelle. Tío Alberto descubrió pronto que en aquel viejo casino, en un amplio y viejo salón lleno de humo, se jugaba al ajedrez y, casi desde el primer día, después de saludar ceremoniosamente, con sus tics nerviosos habituales, a los amigos de mis padres, iba directamente hasta allí para ver las partidas. Se hizo de rogar unos cuantos días hasta que por fin aceptó también jugar, no pudo resistirse, lo que provocó un cataclismo entre aquellos viejos jugadores de casino, militares casi todos, jueces y notarios retirados, pues nunca habían tenido entre ellos a un jugador de la categoría de tío Alberto. Por supuesto, a él no se le ocurrió decir que era jugador profesional, ni mucho menos que tenía el título de Maestro Internacional, pero ya me encargué yo mismo de decírselo un día a Toni, el camarero, que no tardó en extender la noticia, para disgusto de mi tío, que hasta entonces se movía por aquel lugar simplemente como hermano de mi padre, recientemente aparecido nadie sabía cómo ni de dónde. Ganaba las partidas con soltura y, al principio, todos querían jugar con él, hasta que, pasada la novedad, se dieron cuenta de que era invencible y no tenía ningún interés ni sentido perder una y otra vez de aquella manera tan humillante. Ahora bien, el ajedrez es un juego, o tal vez más que un juego —mi tío decía que era un desafío mental—, que ofrece, como espectáculo, variantes curiosas que muy pronto también empezaron a practicarse en aquel viejo salón del casino. Primero las partidas simultáneas, y había que ver entonces a aquellos militares canosos y funcionarios jubilados, cada uno delante de su tablero, esperando a que el Maestro llegara, moviera su pieza y volviera a dar la vuelta, jugando así hasta diez, once o doce partidas al mismo tiempo, ganándolas todas, por supuesto, sin la mayor dificultad. Ni siquiera unas tablas concedía. Después, cuando incluso esta actividad superior conseguía aburrirlos, probaron la partida a ciegas, en la que mi tío se enfrentaba de nuevo contra todos ellos a la vez, pero sin mirar el tablero, jugando de memoria, una práctica que a mí me tenía encandilado y hacía que cada vez me sintiera más orgulloso del extraño. Que alguien pudiera haberse ganado la vida de esta manera era lo que más impresionaba a mis padres, más que el espectáculo en sí mismo, de modo que hubo que empezar a imaginar a tío Alberto como un auténtico prestidigitador que viajaba por el mundo ofreciendo su magia, asombrando con sus trucos a los niños y a los jugadores de ajedrez aficionados, en casinos de pueblo o en plazas, en colegios y universidades, aunque no solamente el circo ajedrecístico le había dado de comer, como supimos después, también las clases esporádicas de este juego, la creación de los llamados problemas de ajedrez para diarios y revistas, así como algunos libros sobre tácticas avanzadas editados en Buenos Aires. En esta ciudad, a mediados del siglo, llegó a formar parte del equipo de estudio del Gran Maestro Internacional argentino de origen polaco Miguel Najdorf, a quien consideraba su maestro y del que solía contar todo tipo de anécdotas. Por ejemplo:

con él había estado en Brasil, en 1947, en São Paulo, cuando el Gran Maestro disputó una exhibición de partidas simultáneas a ciegas contra cuarenta y cinco tableros a la vez, un récord que no ha podido ser superado todavía y que difícilmente conseguirá serlo. La exhibición empezó el 25 de enero a las nueve de la noche y terminó el día siguiente a las ocho de la tarde. Cuando mi tío relataba las circunstancias y el desarrollo de aquellas partidas mágicas a los jugadores del casino, éstos escuchaban, primero, en silencio, con asombro, pero poco después querían saber más y empezaban a hacerle preguntas sobre Najdorf, y nada le gustaba más a tío Alberto que hablar horas y horas sobre aquel hombre al que admiraba más que a ningún otro y quería aún más. En su cartera llevaba siempre una pequeña fotografía en la que aparecían los dos, sonrientes, muy abrigados, tomada durante una gira por Uruguay, y aunque en aquella imagen tío Alberto tenía veinte años menos, pues estaba fechada en 1954, ya era exactamente igual a como nosotros lo conocimos, con las mismas gafas, la misma calvicie y, por supuesto, la misma altura desgarbada que le hacía parecer el hombre torpe que realmente era.

II

Cómo había llegado nuestro tío Alberto a Argentina y por qué motivos decidió quedarse a vivir allí lo supe algunos años más tarde y fue mi padre, que se enteró de todo ello durante sus conversaciones con él en aquellos días del reencuentro, quien por fin me lo contó una mañana de domingo, mientras recordábamos aquella singular visita que, finalmente, también resultaría tan desgraciada. Después del divorcio de mis abuelos, en 1934, mi tío se había ido con su padre a Valencia, donde, un año después, quedó huérfano, como ya se ha dicho, mientras se encontraba haciendo el servicio militar. A principios de 1936, con el servicio militar cumplido, unos estudios inacabados de peritaje mercantil y el dinero recibido de la herencia paterna, decidió embarcarse rumbo a Buenos Aires, invitado por un tío suyo, hermano de su madre, que había emigrado hacía más de veinte años y al que no había visto nunca. Allí encontró una familia, con más primos de los que había imaginado, hasta diez, que lo acogieron como a un hermano más y lo ayudaron a encontrar trabajo en una compañía de seguros. Según le contó a mi padre, por aquellos días envió una carta a la dirección de Madrid, es decir, a la casa donde él había vivido durante unos once años, dirigida a su hermano, explicándole su viaje y su nueva situación, pero mi padre no recordaba haber recibido nunca aquella carta ni ninguna otra. Poco a poco fue olvidándose de España, mientras las noticias de la guerra civil no invitaban a volver, como tampoco las posteriores de la guerra mundial, ni ninguna noticia en general que llegara de Europa por aquellos años. Buenos Aires le gustaba, sus primos eran simpáticos, su trabajo no demasiado pesado, aunque repetitivo, y pronto encontró un club de ajedrez, el Círculo Alfil, no muy lejos de donde estaba viviendo, en el barrio de San Nicolás, donde poder pasar todo o casi todo su tiempo libre. Siempre había jugado al ajedrez, desde que su padre le enseñara a mover las piezas en aquel pequeño tablero plegable que ahora me pertenece, y con mayor ambición desde los quince años, cuando en las aulas del Instituto Calderón de la Barca, donde estudiaba el bachillerato, se disputaban campeonatos continuos por iniciativa de un profesor suyo de matemáticas, que también lo sería de mi padre después, un tal Ricardo Salazar, sobre el cual recuerdo haber oído hablar con admiración a los hermanos durante su reencuentro en nuestra casa. No abandonó el ajedrez durante sus estudios en la Universidad ni tampoco durante el servicio militar, donde se dedicó a enseñar a otros reclutas como él por encargo de un sargento amigo de su padre, es decir, de mi abuelo. Ya en Buenos Aires, en aquel primer club al que acudía todas las noches, creció como jugador espectacularmente, añadiendo a su talento natural unos estudios constantes y unos compañeros igualmente talentosos y competitivos. Fue en aquel mismo Círculo Alfil, ya a principios de los años cuarenta, donde, una noche, vio por primera vez jugar a Miguel Najdorf, de quien, por supuesto, ya había oído hablar, pues su historia personal era célebre en Buenos Aires, desde que en 1939 decidiera no regresar a su país, Polonia, tras conocer la noticia de que había estallado la guerra, cuando se encontraba en Argentina participando en la VIII Olimpiada de Ajedrez, decisión que, como judío, le sirvió para salvarse, aunque no para salvar a su familia —esposa, hija, padres y hermanos—, asesinada al completo en el gueto de Varsovia y en los campos de exterminio nazis. En aquella ciudad extraña y cosmopolita, a sus veintinueve años, Najdorf había seguido con su vida, ahora llena de ausencias, aprendió el español, fundó una nueva familia, se hizo argentino, pasó a llamarse Miguel —su nombre era Moishe Mendel— y jugó interminablemente al ajedrez, convirtiéndose muy pronto en el mejor ajedrecista del país y en uno de los principales jugadores de referencia mundial, especialista en partidas rápidas y a ciegas, e innovador táctico: suya es una de las variantes más notables, que lleva su nombre, de la llamada Defensa Siciliana.

Aquel encuentro en el Círculo Alfil cambió la vida de tío Alberto, pues desde aquel día supo que quería dedicarse solamente al ajedrez, lo que de todas formas no pudo hacer hasta muchos años después, y ello a cuenta de ser aún más pobre de lo que ya era, ni el mismo Najdorf lo había conseguido. Siguió a su maestro que, como un gurú, le señaló el camino y lo aceptó como discípulo aventajado, aprendió a perder y a sufrir, luchó por ser el jugador que todos esperaban que fuera, compitiendo en bares, en clubes, en amplios y desangelados salones federativos de provincias, acumulando medallas y copas baratas, pasando frío en los pueblos de montaña, durmiendo en hoteles infames y dejando cada vez más de lado sus tareas cotidianas en la compañía de seguros, por lo que al fin fue merecidamente despedido. Tuvieron que ser entonces de nuevo los primos argentinos quienes lo ayudaran, esta vez también para pagar algunas deudas que se habían acumulado, más por una negligente administración que por falta de dinero, y le encontraron otro trabajo como oficinista en una fábrica de material de construcción, donde al parecer, y por las mismas razones, tampoco duró mucho tiempo. Que no lograría ser tan buen jugador como su maestro lo sabía muy bien, pero, entre sus limitaciones naturales, conocía también el lugar que podría llegar a ocupar, así que no desfallecía y mejoraba, era rápido en las posiciones complicadas, más hábil que la mayoría en los finales, clarividente para las posibles celadas, impecable en cada una de las aperturas de dama, siempre bajo la tutela del gran Najdorf, que acabó por incorporarlo a su equipo de analistas durante los años en que éste participó en los grandes torneos de Europa, ya en la década de los cincuenta, así como en los campeonatos mundiales, donde los rusos eran siempre invencibles. Fueron éstos, quizás, los mejores años de tío Alberto, cruzando fronteras y conociendo ciudades, Moscú, Helsinki, Londres, París, La Habana, Zúrich, Budapest, Milán, Nueva York, tratando con los mejores jugadores de ajedrez del mundo, Petrosian, Tal, Botvinnik, Smyslov, Keres, Fine, Euwe, de quienes sólo se podía aprender, pero a los que, sin embargo, había también que buscar necesariamente alguna debilidad, y siempre acompañando a su maestro, preparando con él la partida de mañana, analizando los errores de la partida de ayer, inventando variantes defensivas o nuevos movimientos capaces de, al menos, sorprender durante unos valiosos minutos a los rivales. Solamente en una ocasión, en 1957, viajó a España, cuando Najdorf participó en un torneo de Barcelona, y de aquel viaje recordaba solamente una ciudad bastante sucia en la que se sintió tan extraño como en cualquier otra, pues no conocía a nadie a quien pudiera visitar. Puede que entonces recordara que tenía un hermano en aquel país que ya no se atrevía a decir que fuera el suyo y puede también que pensara que aquel hermano pocas veces debía de acordarse ya de él. Pero aquellos viajes se acabaron también, o se hicieron mucho menos frecuentes, el Gran Maestro dejó de aspirar al cetro mundial, siempre en poder de uno u otro ruso, su equipo habitual de analistas se dispersó y tío Alberto inició su aventura particular en solitario, disputando torneos en Argentina, Uruguay y Brasil, celebrando partidas de exhibición por los colegios, simultáneas interminables por pequeñas ciudades de provincia y especializándose también en el ajedrez a ciegas, como su maestro, que era lo que mejor se pagaba, y para lo que era con frecuencia reclamado en los lugares más insólitos, como un mago en las fiestas de los pueblos. Y bien, sí, cuando el dinero faltaba, siempre estaban los primos argentinos a quienes recurrir, que no dejaron por ello nunca de quererlo ni de admirarlo.

Mi padre no recordaba dónde conoció tío Alberto a Monique, si en Buenos Aires o en alguna ciudad de Brasil, durante alguno de los torneos de segunda o tercera categoría a los que solía acudir, tan sólo que se vieron por primera vez en una cafetería y que, por casualidad, iniciaron una conversación. Monique era francesa, de Burdeos, donde había vivido siempre, era viuda y tenía dos años más que mi tío, quien por entonces ya había cumplido los cuarenta y seis. Solamente siete meses después de aquel encuentro, ya estaban viviendo juntos en Burdeos, lo que sólo el verdadero amor podría explicar, como le gustaba pensar a mi padre, que con los años acabó por idealizar a su desaparecido, aunque tratara de disimularlo hablando siempre de él con el máximo desapego, como el que no cree en fantasmas aunque haya conseguido ver a uno. Dejó, pues, Argentina, en el otoño de 1960, para empezar una nueva vida en Francia, nueva vida que, en realidad, nunca pudo pensar que fuera a ser muy diferente, pues, además de jugar al ajedrez, no sabía hacer nada más ni parecía tener aptitudes para aprender algo que no tuviera alguna relación con aquel juego, si bien en lo que se refiere a su vida íntima la tierra había girado de pronto a su favor y se le habían empezado a abrir horizontes que, para un hombre de costumbres solitarias como él, debieron de haber sido insospechados desde el primer momento. De su vida en Burdeos sabemos entonces que fue ocupada felizmente por Monique y también que no le costó nada continuar con los torneos, ofreciendo exhibiciones simultáneas o a ciegas por toda la región, logrando incluso, en dos ocasiones, alcanzar el segundo puesto en el campeonato nacional francés. Se casaron un año después de haber empezado a vivir juntos, en noviembre de 1961, aunque de su breve vida matrimonial apenas llegó a saber nada mi padre, solamente que tío Alberto repetía con añoranza y tristeza que había sido muy feliz, era todo cuanto podía decir, pues el recuerdo de la muerte de Monique en 1966 como consecuencia de un cáncer de estómago le impedía seguir hablando, no encontraba las palabras adecuadas para explicar el significado profundo de aquellos pocos años, aquel episodio en el que el amor y el ajedrez, dos juegos absorbentes, se habían convertido en un único y seductor camino nuevo, sólo conseguía gesticular con la cabeza, a punto de romper a llorar, lamentando su mala suerte. Quisiéramos, pues, haber conocido más de Monique, pero más allá de que había sido una mujer maravillosa, como, según parece, le gustaba decir a él, que tenía una hermana en Bolonia, a la que iban a visitar al menos dos veces al año, que la lectura había sido una de sus grandes pasiones y que, por esta razón, su casa estaba llena de libros, sobre todo novelas, y que, cuando la conoció, no sabía jugar al ajedrez, aunque por supuesto aprendió muy pronto, nada más hemos llegado a saber. Al morir Monique, tío Alberto abandonó Francia, pero no para volver a Buenos Aires, como hubiera sido previsible, sino para probar suerte en Bilbao, ciudad que no conocía, con la ayuda de un amigo argentino llamado Héctor o Néstor —mi padre no lo recordaba bien—, el cual, desde hacía dos años, se había establecido en esta ciudad y había abierto una academia. Aquí, en esta academia de, por lo visto, estudios muy diversos, se puso a dar clases de ajedrez, en una época en que, gracias a la popularidad que estaba alcanzando en todo el mundo la figura de Bobby Fischer, muchos niños y adolescentes deseaban imitar al genio americano, y éste era su principal trabajo cuando llegó hasta nosotros en 1974, aunque, por supuesto, muy pronto se había hecho también célebre en los pequeños círculos ajedrecísticos de Bilbao, donde participaba en torneos y exhibía sus dotes de jugador a ciegas. A propósito de Bobby Fischer también le oímos hablar en numerosas ocasiones durante su visita, pues, según contaba, lo había conocido en Palma de Mallorca en 1970, donde el genial ajedrecista participaba en el Torneo Interzonal, clasificatorio para el Mundial que se celebraría dos años después en Islandia y que finalmente conseguiría ganar —en el llamado *match del siglo*, que lo enfrentó al ruso Boris Spasky—. Durante aquellos días se reencontró con su maestro Miguel Najdorf, que no participaba en el torneo pero había acudido para seguir las evoluciones del americano, con quien había tenido la oportunidad, en los últimos años, de enfrentarse dos veces, y de quien esperaba también que consiguiera acabar por fin con la hegemonía soviética, como así ocurrió al menos durante un breve tiempo. Najdorf escribía, además, las crónicas sobre el evento para el diario argentino *La Nación* y, como he podido comprobar yo mismo, menciona a nuestro tío Alberto en dos ocasiones. La primera para celebrar haberse reencontrado con un gran jugador «argentino», al que no veía desde hacía diez años. La segunda como compañero de conversación durante una improvisada tertulia en el hotel y en la que también se encontraban Bobby Fischer y otro gran ajedrecista, danés, llamado Bent Larsen, durante la cual el americano les había comentado, muy seriamente, que había estado por la mañana temprano, solo, bañándose en la piscina pero que, al ver que llegaban los rusos también para bañarse, había salido corriendo del agua y, sin detenerse para recoger las zapatillas ni el albornoz ni la toalla, se había refugiado en su habitación, escapando así del peligro de ser ahogado... Según escribe Najdorf en su crónica, a mi tío le hizo mucha gracia la anécdota y se echó a reír a carcajadas, ante el silencio expectante de Larsen y del propio Najdorf, que sabían que aquella reacción provocaría inevitablemente el enfado del genio y también el final de aquella simpática e inolvidable tertulia.

Había en el alma del extraño otras derrotas invisibles que, siendo yo un niño como era entonces, nunca pude sospechar. En aquellas semanas del verano de 1974 conocí a un hombre viejo que, seguramente, no necesitaba más que un poco de afecto —recibirlo de nosotros tanto como poder darlo él—, tal vez sin ser del todo consciente de que había ido a buscarlo a un lugar bien difícil, a la casa de un hermano que ya lo había olvidado, en una familia que no sabía nada de él, y aunque al principio fue acogido solamente con perplejidad, al cabo de unos pocos días fue adoptado sin grandes dificultades por nuestra parte como tío y cuñado, sobre todo, pero también, creo recordar, a otra velocidad diferente —la de la desconfianza y tal vez el resquemor—, como hermano reaparecido. Él nos quiso desde el primer día de su llegada y, sin esforzarse en dejar de ser tal como era, es decir, un tipo raro de verdad, con sus manías que podían sorprender pero que no hacían daño a nadie, trató en todo momento de hacernos entender, con su manera de estar y de hablarnos, que nosotros éramos su única familia y que estaba muy feliz de habernos encontrado. Llegó sin billete de vuelta —luego supe que fue mi padre quien tuvo esta idea—, por lo que podía haberse marchado en cualquier momento, es decir, según fueran yendo las cosas, difíciles de prever en un principio durante aquellas conversaciones telefónicas previas, y aunque su intención, al parecer, era pasar con nosotros no más de una semana, concluida ésta, fue aplazando su viaje de regreso, porque todo iba realmente muy bien, tal como él había deseado, y no sólo mi madre, mi hermana y yo le pedíamos que se quedara más tiempo con nosotros, sino también mi padre, en quien la desconfianza inicial fue poco a poco cediendo ante los olvidados afectos de la infancia. Y con una alegría casi infantil se levantaba cada mañana y, durante el desayuno, todavía en pijama, preguntaba qué íbamos a hacer hoy, aun sabiendo que el plan del día era siempre el mismo: ir a la playa, comer en casa y, por la tarde, ir al casino del puerto, donde se reencontraría con sus admiradores, los viejos jugadores de ajedrez. Algunas tardes, antes de ir al casino, visitábamos algún pueblo de la isla para que tío Alberto lo conociera: todo le parecía maravilloso, era el perfecto visitante agradecido y repetía una y otra vez que comprendía que mi padre no hubiera vuelto a Madrid y se hubiera quedado a vivir en aquel «paraíso», y lo decía de tal manera que parecía que el hermano mayor aprobaba la decisión del menor, aunque con tantos años de retraso que resultaba un poco cómico. Durante aquellos trayectos en coche, en los que él iba sentado en el asiento de delante, al lado de mi padre, apenas hablaba, miraba por la ventanilla el paisaje y de vez en cuando señalaba alguna casa, alguna montaña o cualquier otra cosa que le llamara la atención por su belleza o por su singularidad. Recuerdo que lo que más le sorprendía era que la isla estuviera tan poco poblada, que apenas hubiera gente, impresión que a mí me parecía una extravagancia suya más, pues yo consideraba que había la gente que tenía que haber, ni mucha ni poca, pero que en el mes de julio, precisamente, como después en agosto, había más que en el resto del año, porque llegaban los turistas. Decía también que las playas eran muy pequeñas, con lo que yo tampoco estaba de acuerdo, y que el mar parecía más un lago que un mar, por su estado en calma y en apariencia poco peligroso, pero yo por entonces no había visto nunca un lago y no sabía muy bien qué pensar, aunque sabía —y se lo dije— que en invierno había naufragios, sobre todo de pescadores, y que algún niño de mi colegio se había quedado sin padre por este motivo.

De este modo transcurrieron las dos primeras semanas de su estancia entre nosotros, durante las cuales consiguió, según decía, mejorar su salud con los baños de mar y de sol, aunque no teníamos noticia de que hubiera estado enfermo. Si a veces se quejaba por algo, era siempre por la vista cansada o por un pequeño dolor en el pie derecho que, según mi padre, podía ser artritis.

En una ocasión, cenando en un restaurante de la ciudad —celebrábamos el cumpleaños de mi hermana—, recuerdo que nos dijo también que padecía de insomnio, aunque yo le oía roncar todas las noches y, cuando por las mañanas, desde aquel día, mi madre le preguntaba qué tal había dormido, él siempre contestaba lo mismo, un «más o menos bien», como queriendo decir que mal, pero que no había que darle importancia ni quería que nos preocupáramos por ello. Después de desayunar, antes de emprender el breve viaje cotidiano, en coche, hasta la playa de las Salinas, tío Alberto leía unas páginas de un libro que había traído consigo, el único libro que no trataba de ajedrez, una novela titulada *Le Hussard sur le toit*, de Jean Giono —seguramente una de aquellas novelas de la biblioteca de Monique—, que no llegó a terminar de leer y que yo conservo ahora, aunque tampoco la he leído nunca hasta el final. Inmediatamente después de cerrar el libro, minutos antes de partir, esto sí lo recuerdo bien, casi todos los días se tomaba una aspirina para, según decía, el dolor de cabeza, pero ahora no sé si para el dolor de cabeza que ya tenía o para el que pensaba tener después. En cualquier caso, en la playa, como ya se ha dicho, siempre se le vio feliz y todo lo observaba con una curiosidad que llamaba la atención —por lo que él también era observado por los otros con la misma curiosidad, además de, supongo ahora, con cierto recelo—, como si le fuera la vida en ello, es decir, en saber todo cuanto ocurría en la playa y en averiguar también quiénes eran las personas que estaban allí y de dónde procedían. Como consecuencia de aquella curiosidad casi febril, quiso también, ya en su segunda semana, probar el velomar, y decir ahora que le gustó deslizarse por el agua a bordo de este rudimentario y turístico vehículo a pedal sería decir muy poco. Desde entonces, nada más llegar a la playa, cada día, alquilaba uno, no sin antes tener una fluida charla con el hombre que se ocupaba no sólo de los velomares, sino también de las sombrillas y las hamacas, Pepe, un viejo campesino que había cambiado el azadón por la pequeña cartera de cobrador, siempre a propósito de cómo había ido la jornada de ayer y cuáles eran las expectativas de aquel día, y luego nos hacía subir a mi hermana y a mí para acompañarlo en el paseo. Pedaleaba siempre él, despacio, mientras que mi hermana y yo nos íbamos turnando en el asiento de al lado, a veces para pedalear también, aunque casi sin hacer fuerza. A nosotros, además, nos gustaba tirarnos al agua y volver a subir al velomar, muchas veces, lo que no le vimos hacer nunca a tío Alberto, que iba siempre sonriendo pero callado, sin moverse del duro asiento de plástico, y que no se aventuraba nunca muy lejos, todo lo más, animado por nosotros, hasta unas cuevas en las que a veces, atendiendo también a nuestras súplicas, se adentraba con cierto temor.

No hubo presagios ni signos relevantes de ninguna otra especie que se ofrecieran para ser interpretados. Todo sucedió de la manera más natural posible: simplemente como si aquel fuera el momento previsto por algún calendario desconocido y en el lugar dibujado de algún plano invisible. La mañana de la muerte de tío Alberto empezó como todas las demás: con el desayuno compartido en casa, la conversación alegre y el camino hacia la playa. También aquel día, antes de partir, leyó algunas pocas páginas de *Le Hussard sur le toit* y se tomó una aspirina para el dolor de cabeza. Ya en la playa de las Salinas, como siempre, después de quitarse la camisa y colgarla en la gran sombrilla familiar, se acercó a los velomares, primero para conversar con Pepe, después para subirse a uno de ellos, que habitualmente era el mismo, de un color anaranjado, el más nuevo de todos, mientras nos hacía gestos para que lo acompañáramos. Mi hermana y yo subimos al velomar, como hacíamos siempre, cuando tío Alberto ya pedaleaba y lo había sacado él solo de la orilla. Mi hermana empezó a pedalear con él y yo iba subido atrás, con los pies en el agua. Nos fuimos alejando poco a poco de la playa hasta llegar a un claro de arena no muy profundo en el que nos deteníamos siempre para bañarnos mi hermana y yo, mientras nuestro tío nos miraba y sonreía sin moverse de su asiento y con la mano derecha en el timón. Volvimos a subir al velomar y continuamos el paseo hasta llegar a las cuevas, nos adentramos en su fría oscuridad con olor a piedra y volvimos a salir a la luz. Fue entonces, al salir por la boca estrecha y rocosa de la llamada Cueva Mayor, cuando tío Alberto dejó de pedalear y cuando mi hermana, después de mirarle la cara —casi transparente, desencajada, con los ojos abiertos pero ciegos—, se dio cuenta de que estaba inconsciente. La vi llorar, aterrada, antes de darme cuenta del motivo por el que lloraba. Me acerqué entonces, por detrás, a aquel cuerpo en reposo, flácido, levemente inclinado a la derecha, miré a mi hermana y también me puse a llorar, sin saber muy bien qué era lo que estaba ocurriendo. Entonces mi hermana empezó a pedalear muy rápido en dirección a la playa, con todas sus fuerzas, mientras yo gritaba para que alguien de la orilla nos oyera, lo que no ocurrió inmediatamente, pues estábamos demasiado lejos. Durante aquel interminable trayecto de regreso a la playa conocí hasta qué punto el miedo, el dolor y la esperanza pueden confundirse en un único sentimiento hiriente, inconcebible hasta que no se manifiesta con su verdad profunda. Ya en la orilla, con el cuerpo pesado y enorme de tío Alberto sobre la arena, rodeado por una multitud de bañistas curiosos y asustados, aquel sentimiento único desconocido, que quemaba como una llama de sol, volvió a dividirse: la esperanza se desvaneció muy pronto, el miedo dejó de tener sentido y sólo permaneció el dolor, seco y rasposo. De aquellos instantes ya sólo recuerdo a mi padre preguntando absurdamente qué había ocurrido, a mi madre sentada al lado del cadáver, como si hubiera empezado a velarlo, y a mi hermana, sola, alejada del tumulto, vomitando en la arena. Y así fue cómo aquel extraño se hizo más extraño todavía.

DANZAS Y OLVIDOS
DEL ARTISTA CERVERA

I

Sé que hubo un artista, un hombre más bien pequeño, ágil y guapo, que bailaba, un hombre alegre, amanerado, de grandes ojos y manos muy blancas. Un artista del espectáculo, sí, de quien seguramente sólo yo me acuerdo, y no porque llegara a conocerlo bien o porque pueda decir que me gusten los bailes —aquellos bailes que él bailaba: el tango, sobre todo, pero también aquellos otros que animaban las noches de los cabarets de Barcelona, París o Buenos Aires—, sino porque, desde hace unos pocos años, vivo en una casa que fue suya, en una de cuyas habitaciones, la más alta, que había sido también su preferida, pues desde ella puede verse el puerto con sus barcos en reposo, me encuentro ahora escribiendo estas pocas páginas. Carlos Cervera era su nombre y fue el extraño perpetuo, pues nadie en la familia pudo nunca comprender su vocación artística, ni antes ni después de su larga y muy viajera carrera, mucho menos aún durante, cuando sólo en un par de ocasiones —en un par de entierros— se dejó ver por la isla, de la que había escapado a los dieciséis años y a la que regresó, esta vez con la intención, finalmente frustrada, de quedarse para siempre, ya cumplidos los sesenta y tres, viejo y vencido, aunque con la cabeza muy alta, como, según parece, le gustaba decir mientras se atusaba su anticuado bigote y se adornaba bien para salir a pasear por el barrio de la Marina, donde había nacido, con alguno de sus fulares floreados. No lo recuerdo, pero sé que él me conoció y me habló y hasta jugó conmigo alguna vez, es decir, que yo era un niño de dos o tres años en la época en que llegó hasta nosotros, cuando por fin decidió volver y tomar posesión de esta casa, que era suya por herencia, aunque en ella continuó viviendo también mi abuela Nieves, su hermana, como había venido haciendo desde al menos treinta años atrás, primero con su hija, es decir, mi madre, y en los últimos tiempos, después de que ésta se casara, ya sola. De este regreso, sin embargo, sé sobre todo que fue inesperado y que para mi abuela significó un disgusto tan grande que hubo que ingresarla tres o cuatro días en el hospital, donde fue tratada de una de sus frecuentes y severas arritmias. También se me dijo siempre que el principal motivo del retorno de mi tío abuelo tuvo que ver con el agravamiento de la enfermedad pulmonar que arrastraba desde hacía tiempo y con su deseo de no pasar en soledad los que él creía que iban a ser los últimos años de su vida, aunque para ello tuviera que hacerlo con una hermana a la que apenas había tratado, por más que siempre la hubiera tenido en sus pensamientos y le hubiera enviado decenas de postales desde los más remotos lugares del mundo. Creía que la amaba porque durante su infancia la había amado y se había sentido amado por ella, y porque era la única persona de la familia a la que había recordado siempre con cariño cuando se encontraba muy lejos de España y pasaba frío o hambre o tenía ganas de morirse. Por los mismos motivos consideraba que ella también continuaría amándolo, con la misma devoción profesada cuando sólo era una niña. Y sí, yo mismo conservo ahora algunas de aquellas postales que le enviaba, en blanco y negro, también coloreadas, desde Buenos Aires o Tokio, Nueva York o Viena, en las que figura siempre, para empezar, un «Nieves querida», y en las que el artista da cuenta, después, con una letra muy particular, grande, de alguna actuación exitosa en el teatro o casino de esta o de aquella otra ciudad. En ellas dice siempre, invariablemente, que está muy contento, que el público aplaude mucho y que esto último es lo que realmente importa. Mi abuela no contestaba nunca ni su hermano esperaba que lo hiciera: lo que sí esperaba era que también sus padres leyeran la postal, que supieran que su hijo era feliz lejos de ellos y lejos de aquel mundo en el que había crecido y en el que, desde muy temprano, le habían hecho comprender que no había un lugar para un extraño tan extraño como él.

Sé también que al anunciar su vuelta lo primero que dejó muy claro fue, con una insistencia que llegó a parecer incluso una condición, que deseaba que mi abuela continuara viviendo allí, en aquella misma casa en la que ésta había pasado ya tantos años de su vida y que, en verdad, no dejó nunca de considerarla como suya, es decir, en esta misma casa que, finalmente, de la manera más natural —a pesar de su larga y compleja historia— ha acabado siendo la mía. Era su deseo, pues, que viviera con él y con sus enfermedades, reales o imaginarias, con sus recuerdos y con sus múltiples manías de artista retirado, y esto fue lo que ocurrió durante los dos años siguientes, hasta que mi abuela murió de un ataque al corazón y él decidió abandonar de nuevo la isla para regresar a México, que era de donde había venido y de donde, según acabó pensando y diciendo, no tenía que haber vuelto nunca. Durante aquellos dos años ocurrió también lo siguiente: que mientras la salud de mi abuela se deterioraba, la de su hermano mejoraba día a día, de tal modo que, a los pocos meses, ella parecía mucho más vieja y enferma que él. Se cuidaron mutuamente, siempre con la ayuda inestimable de mi madre, que cuidaba de los dos. Y también hay que decir, siempre según mi madre, que, pese a los problemas de salud de mi abuela y a su disgusto inicial, la convivencia con su hermano resultó excelente y el reencuentro devolvió a los dos, si no a aquel estado armónico y natural de la infancia, sí al menos a una amistad llena de afectos nuevos, en el que la comprensión y el cariño superaban sin demasiadas dificultades a los viejos y enquistados prejuicios o rencores. Y en ello tuvo que ver, sobre todo, el carácter alegre de mi tío abuelo, un hombre divertido siempre, hablador con acentos diversos e irreconocibles, y con tantas historias por contar que su memoria parecía un voluminoso libro de aventuras, imposible de poder leer en una sola vida. Por lo demás, pese a sus modales afables y a su abierta simpatía con todos, el artista Carlos Cervera seguía odiando a sus paisanos insulares con la misma intensidad de siempre, le parecían tan ignorantes y desagradables como cuando tuvo que huir de ellos, allá por el año 1919, no se cansaba de repetir hasta qué punto eran incapaces de apreciar la música o el teatro y cómo su carácter, cerrado y agrio, no había cambiado en nada. De los hombres decía que eran soberbios, demasiado aficionados al alcohol y al juego, vagos y mentirosos. Concedía a las mujeres la virtud de ser trabajadoras, porque, al fin y al cabo, decía, alguien tenía que trabajar en aquella maldita isla, pero las consideraba beatas y envidiosas. Un niño o una niña, en este lugar, decía también, imagino que pensando en su propia experiencia, eran víctimas permanentes de todos los vicios de sus padres, de su malhumor y de sus complejos de inferioridad. Los maestros, los médicos y los curas eran los principales colaboradores de los padres en su única misión en este mundo: torturar a los niños. Como consecuencia, la isla estaba siempre llena de niños deformes o idiotizados, como muy bien había podido comprobar él mismo en sus años escolares. Había que sumar a esta penosa lista de calamidades, solía repetir, la endogamia, que corroía, como la peor enfermedad, el cerebro de todos los isleños, e insistía en este aspecto porque se trataba, según decía, de un hecho probado por la ciencia. No tenía mejor opinión de aquellos que habían llegado a la isla y se habían quedado a vivir allí, funcionarios casi todos, militares, pero también comerciantes, pescadores, todos eran para él lo peor de cada casa, desterrados, con oscuro pasado, seguramente violentos o pervertidos. En una isla como ésta, decía, un verdadero artista, un hombre o una mujer con sensibilidad, si no se marchaba a tiempo, era destruido para siempre, abocado al suicidio o a la amargura perpetua, y aseguraba también conocer no pocos casos que lo confirmaban. De todas estas cosas hablaba con la mayor naturalidad delante de su hermana y de su sobrina, es decir, de mi madre, así como también de mi padre, forastero y, además, funcionario, sin que al parecer llegaran a ofenderse nunca, ya fuera porque todo lo contara el artista con su particular gracia, ya porque ellos se esforzaran por compadecerse de su antiguo sufrimiento, el mismo que le había llevado a explorar nuevos y difíciles caminos lejos de la isla cuando no era más que un adolescente incomprendido.

De la noche en que Carlos Cervera, por entonces alumno del Seminario, salió de Ibiza embarcándose en el *Lulio*, ensotanado, cubierta la cabeza con un sombrero también negro, procurando no ser reconocido, al menos hasta que hubiera zarpado el barco, se habló sin parar en la ciudad durante al menos un mes. Hasta entonces, es decir, hasta que los padres tuvieron noticias suyas, mediante una carta en la que cada palabra parecía haber sido largamente meditada pero también escrita con alivio, del futuro bailarín se dijo que podía haberse ahogado entre las rocas de Talamanca, donde solían bañarse los estudiantes, muy cerca de la ciudad, aunque la versión de la huida era la que más gustaba a los vecinos y la que se ajustaba también más a la personalidad, indómita, diferente, bien conocida por todos, del desaparecido. Pero también sus padres sospecharon desde el principio lo segundo, aunque no dejaran de buscar al hijo, es decir, el supuesto cuerpo hinchado del hijo, lleno de agua, por las playas del sur, o flotando todavía entre las olas y los islotes, cuando, en los primeros días, la búsqueda se hizo con barca. Yo creo que el padre, un hombre adusto, de pocas palabras, muy religioso y estibador de profesión, hubiera preferido encontrar al hijo ahogado antes que confirmar sus sospechas y las de todos, es decir, antes que verse obligado a asumir que había huido de casa, de la isla, para poder ser artista en Barcelona, ciudad en la que ningún miembro de la familia había puesto sus pies nunca, pero de la que llegaban siempre noticias y viajeros, así como feriantes para las fiestas de los pueblos y compañías de variedades para las veladas artísticas del Teatro Pereyra, un elegante edificio construido a finales del XIX, pero que, tanto por su estilo, como por la poca costumbre de pintarlo, parecía ya tan antiguo como nos lo parece ahora. De aquellas estrafalarias compañías que encandilaban a un público de lo más diverso, desde matrimonios a sacerdotes, desde jovencitos a abuelos, desde militares a marineros, aprendió el adolescente Carlos Cervera casi todo lo que sabía por entonces de bailar y cantar, también de disfrazarse —con las ropas viejas de su madre o de su abuela—, aunque se sabe también que destacaba en el coro de la iglesia de San Salvador, donde solía hacer los solos, desde muy niño, con tanta devoción que conseguía que a la familia se le saltaran las lágrimas todos los domingos. Un ángel como aquél había crecido en un barrio que, sin el menor resquicio para la diferencia, venía proporcionando a la isla artesanos de toda clase, trabajadores del puerto y marinos, pero no bailarines ni cantantes, como puede suponerse, ni siquiera entre las mujeres; a decir verdad, éstos no eran oficios que los ibicencos, de ninguna clase social, hubieran practicado nunca, y por este motivo en el teatro sólo actuaban artistas llegados de Barcelona, Valencia o Mallorca. Y si, inspirados por las actuaciones de éstos, había jóvenes a los que se les pasaba por la cabeza dedicarse a lo mismo, muy pronto eran convencidos, o se convencían ellos solos, de que se trataba de una ambición equivocada. Pero todos, jóvenes y no tan jóvenes, amaban el teatro, los espectáculos de variedades, el flamenco, las canciones procaces, y acudían al Pereyra con entusiasmo y sin mala conciencia, dado que, si en aquel lugar se cometía algún pecado, no había otros pecadores que los artistas llegados de fuera, de ahí que hasta los canónigos disfrutaran de aquellas largas sesiones de las que se salía con un fuerte olor a tabaco y a sudor, pero achispados por los licores potentes que servían en el bar y la música profana. Carlos Cervera empezó a ir a aquellos espectáculos de variedades cuando todavía era un niño de seis o siete años, siempre con su familia, y ya en casa, la misma noche, imitaba cada uno de los bailes, todas las melodías que había escuchado, abriendo y cerrando el armario de la habitación de sus padres para cambiarse de ropa una y otra vez, y todo eran risas antes de irse a dormir en aquellos domingos antiguos.

La primera carta del hijo llegó una mañana en el barco de Barcelona y muy pronto estuvo también en las manos del padre, en el mismo puerto, en cuyos muelles trabajaba. La abrió allí mismo, delante de todos, aliviado pero impaciente: sabía ahora, con seguridad, que estaba vivo, pero necesitaba conocer también las razones de su huida. La leyó dos, tres veces, en silencio, ante la mirada curiosa, compasiva en algunos casos, cínica en otras, de sus compañeros portuarios. No era una carta muy larga, pero estaba escrita con claridad. Mi madre recuerda haberla visto, pues mi abuela la conservó junto con algunas de aquellas postales que después recibiría desde muy distintos lugares del mundo, y si no me ha llegado también a mí debe de ser porque mi tío abuelo la recuperó a su regreso y se la llevó con él a México, si es que no la destruyó antes de marcharse definitivamente. En ella decía con pocas palabras que se encontraba bien y que había encontrado trabajo en una ferretería como ayudante de dependiente. Pedía perdón y decía quererlos a todos, y ya, incluso, hasta echarlos un poco de menos, pero también que no pensaba volver porque quería abrirse camino como artista, para lo cual estaba a punto de empezar a tomar lecciones de baile y de canto, aunque sin especificar dónde ni con quién. Era una de esas cartas que pretenden sobre todo calmar al que la lee, cuando se conocen de él su segura inquietud y su probable enfado, aunque sin demasiado éxito. A decir verdad, no puede decirse, sin embargo, hasta donde yo he podido saber, claro, que el padre fuera con el hijo una especie de monstruo o tirano; era, sí, un hombre recto, de pocas pero muy firmes ideas, entre las cuales, por supuesto, no se encontraba la de tener un hijo que no fuera otra cosa que lo que habían sido él mismo, sus hermanos o sus vecinos. Con todo, tal vez debido a su propia religiosidad y a la afición cantora del hijo, quiso orientarlo, si puede decirse así, hacia el sacerdocio, y con doce años hizo que ingresara en el Seminario, por entonces lleno de niños como él y de más edad, con vocación o sin ella, casi todos hijos de campesinos pobres que habían logrado despuntar en sus primeros años escolares. Y en el caso de que el hijo alguna vez hubiera expresado su deseo de ser artista, lo que seguramente ni siquiera llegó a ocurrir, nadie habría podido tomárselo en serio, e insistir en ello sólo hubiera provocado, entonces sí, una situación aún más dolorosa para todos. Más bien hubo largos y continuados silencios, pensamientos solitarios, sufrimiento, deseos y dudas, hasta llegar a la decisión final y atreverse a dar el paso. Y ahora podríamos preguntarnos por qué el padre, es decir, mi bisabuelo, del que en realidad no sé casi nada, ni siquiera he llegado a ver nunca una fotografía suya, no se subió a aquel mismo barco en el que había llegado la carta para ir a buscar al hijo y traerlo de nuevo con él, pero creo que, en primer lugar, no era lo que nadie, a excepción tal vez de su mujer, la madre, esperaba que hiciera. Aunque también es posible, por otra parte, que ni siquiera sintiera la necesidad de hacerlo. Si bien no para ser bailarines ni cantantes, muchos hijos abandonaban por aquellos años la isla en busca de un futuro mejor o diferente, y nadie volvía a verlos nunca más.

Pero aquella carta, no lo decía todo. El desaparecido no tuvo confidentes para su aventura entre los compañeros o amigos del Seminario, pero de los detalles de la misma sí estaba al corriente un bailarín de la compañía barcelonesa de Antonio Benítez, que había actuado en el teatro Pereyra unas semanas antes con clamoroso éxito. El nombre artístico de este bailarín era *Chinito* y fue la persona que lo esperaba en el puerto de Barcelona y también la que lo acogió en su casa, así como su primer profesor de baile. De este Chinito poco se sabe: sólo que Carlos Cervera quería parecerse a él en todo y que la única manera de conseguirlo era ésta, es decir, convirtiéndose en su pupilo, en su amigo y en su amante. No muy diferente debía de ser también, pensó entonces, la llamada de Cristo, de la que él aún no había tenido noticia cierta, a pesar de llevar cuatro años en el Seminario, como sí en cambio habían conocido ya algunos de sus compañeros, o eso era al menos lo que ellos decían, presumiendo. Una vocación verdadera irrumpe en la mente y en el corazón con fuerza, a cualquier edad y en cualquier circunstancia, y a ella no se puede renunciar, así se lo habían explicado muchas veces. Sobre ello había hablado con Dios, a solas, arrodillado en la iglesia o en su habitación, y a veces había sentido su bendición, quería creer que aprobaba su amor por la música y por el baile. Deseaba ser bailarín como Antonio Benítez, como Chinito, como aquellas chicas y aquellos chicos de la compañía a los que vio triunfar en el Pereyra varias noches seguidas, pero no por los aplausos, todavía no por ellos, eso lo sabía Dios muy bien, sino por la alegría que reflejaban sus rostros, sus cuerpos delgados y ágiles, sus voces. Si hasta su confesor, don Francisco, disfrutaba mirándolos, por qué no iba él a sentir deseos de imitarlos, de proporcionar también a los otros aquella alegría. Pero a don Francisco tampoco le confesó nunca aquellos deseos, sabía bien que no iban a encontrar en él la comprensión que necesitaba, así que prefirió acercarse una tarde a Chinito, antes de que comenzara la velada artística, para expresarle su admiración, para preguntarle cómo se llegaba a ser bailarín de una compañía como aquélla. Fue el inicio de una amistad nueva con la que ni siquiera había soñado, porque aquel bailarín, que no tenía más de veinticinco años, lo escuchaba y lo comprendía, lo animaba a soñar despierto, y hasta acabó presentándole, una noche, en los minúsculos camerinos con olor a perfumes baratos, a los otros bailarines del grupo, incluso a Antonio Benítez, la estrella que más brillaba y a quien todos profesaban admiración y respeto. Irrumpió entonces, de este modo, la idea de marcharse, pues tan claramente veía su vocación como las dificultades a las que habría de enfrentarse si se quedaba y expresaba sus deseos de ser artista en vez de sacerdote. Sintió por primera vez rabia y odio hacia sus paisanos, sintió pena por su padre y su madre, por su abuela y por su hermana, y sobre todo sintió el vértigo profundo de su propia diferencia, el miedo a querer ser el otro que nadie esperaba que fuera. La decisión fue rápida y sólo la compartió con Chinito, que se prestó a ayudarlo, que le trazó con optimismo un futuro inmediato lleno de alegrías y de éxitos, y de quien, sin saberlo, ya se había enamorado nuestro extraño antes de abandonar la isla.

La casa donde vivo había pertenecido a mi tatarabuela Antonia, es decir, a la abuela de Carlos Cervera. Dicen que era una buena mujer, extraordinariamente hábil en la cocina y, sobre todo, en los bordados, de los que consiguió vivir después de quedarse viuda a los veintinueve años con una hija aún de corta edad. De su marido muerto nada sé, aunque, según creo, fue quien compró esta casa para poder casarse y tener una familia. Y aquí murieron él y, muchos años después, también ella. Para sorpresa de todos, la dejó en herencia a mi tío abuelo, es decir, a su nieto, cuando éste daba vueltas por el mundo bailando y cantando, seguramente porque pensó que sería a quien más falta podía hacerle algún día. Se equivocó, pero nada hay que reprochar a sus pensamientos ni a su decisión. Cuando murió, su única hija, mi bisabuela, Francisca, ya era viuda también y era suya la casa donde había vivido con su marido y donde continuaba viviendo, muy cerca de la de su madre, en la misma calle marinera, así que no necesitaba otro lugar donde vivir. Mi abuela Nieves, hermana del artista, también enviudó muy pronto, siguiendo la desgraciada tradición familiar, y en una decisión que ni siquiera necesitó ser consultada con el hermano y propietario —nadie sabía por dónde andaba exactamente entonces—, ocupó con su hija, mi madre, esta casa hasta el día de su muerte. Mi tío abuelo, como ya se ha dicho, vivió dos años aquí, a mediados de los sesenta, todo el tiempo que logró soportar en lo que pretendía ser su regreso definitivo a la isla. Al morir, poco tiempo después, en México, mi madre heredó la casa y yo la he recibido de ella como regalo, después de muchos años de estar deshabitada. Pese a las necesarias reformas que se han hecho, sigue siendo una casa pequeña, con dos pisos igual de estrechos, pero que conserva, tanto en la fachada como en su interior, el típico aspecto que da color y gracia a los barrios marineros de las islas que tanto gusta fotografiar a los turistas y que aparecen en las postales. Desde la habitación donde escribo, ya se ha dicho también, veo el puerto. Y a veces, mientras observo los barcos que llegan o se van, me da por pensar en el extraño, en los dos años que vivió aquí sobre todo, con mi abuela, es decir, su hermana, cuando me conoció y yo lo conocí a él, aunque no puedo acordarme, ya que, como se ha dicho también, no era más que un niño de dos o tres años, en su frustrado intento por recuperar, en lo que él pensaba que iban a ser sus últimos días, aquel mismo mundo que había abandonado tantos años atrás, desde luego con la esperanza de que hubiera cambiado y mejorado mucho. Se esforzó, con su aspecto y sus modales, así como en sus conversaciones, en hacer saber a todos que la vida había sido con él amable y generosa, pero con todo merecimiento, por supuesto, pues había sido un luchador inconformista, que tenía dinero —aunque menos de lo que le gustaba aparentar—, y que, en definitiva, no había resultado inútil aquel ya lejano acto de valentía, aquella huida en busca del mundo a sus dieciséis años. Ahora, sin embargo, todos los domingos acudía a la misa matinal en la iglesia de San Salvador, la misma a la que había asistido siempre con su familia y en la que cantaba de niño. Comulgaba, aunque nunca lo vio nadie confesarse. Y por supuesto seguía los cantos de la liturgia, cuando los había. Le gustaba comprar y regalar flores. Se había traído de México una buena colección de discos —tangos, boleros, baladas románticas: canciones que sabía de memoria— y pasaba largas tardes escuchándolos, solo o acompañado por mi abuela y por algunas de sus vecinas. Se aficionó también con ellas a jugar a las cartas y al parchís. Algunos de sus viejos amigos de la infancia eran sacerdotes, pero se ocupaban de parroquias rurales y se veía poco con ellos. Daba largos paseos por el muelle al atardecer y enviaba muchas cartas y postales a sus amigos mexicanos. Leía los periódicos por la noche, después de cenar, momento en el que aprovechaba para fumarse el habano que tenía prohibido por los médicos. Pero el caso es que en la isla, en la ciudad, ni siquiera en su barrio, ya casi nadie se acordaba de él, y era mi abuela la que tenía que explicarles a todos quién era y quién había sido aquel hermano suyo, tan coqueto y parlanchín, que había traído consigo todo un baúl lleno de viejas fotografías en las que aparecía posando, con pareja de baile o sin ella, con deslumbrantes ropajes, y que repartía, siempre firmadas, a las dependientas del mercado y a los camareros de las heladerías.

II

Chinito no faltó a su promesa de ayudar al joven
Carlos y no sólo llegó puntual al puerto de Barcelona para recibir al nuevo amigo y aspirante a
artista, que desembarcó como había embarcado,
es decir, ensotanado y temeroso, sino que en los
siguientes cinco años se convirtió en su protector inseparable, le enseñó a bailar la rumba, el
tango y el flamenco, consiguió que le dieran clases de canto —y muy pronto descubrieron en él
una prometedora voz de tenor, apta no sólo para
las canciones de la liturgia—, lo ayudó a moverse
con soltura en el escenario, solo o con otros bailarines, y hasta el gran Antonio Benítez alabó sus
rápidos progresos y lo quiso muy pronto para su
compañía. No tardó, pues, Carlos Cervera, gracias a su talento propio y al apoyo de Chinito,

en llegar a ser el artista de sus propios sueños de adolescente, así que a los dos años de su llegada abandonó el trabajo de ayudante de dependiente en la ferretería, que había conseguido también por mediación de Chinito, y pasó a formar parte del grupo de bailarines de la compañía de Benítez, que actuaba todas las noches en los escenarios del Paralelo. Fue entonces cuando escribió a su familia una segunda carta anunciando sus éxitos, que fue recibida con la misma perplejidad sombría que la primera, y de la que se cansó de esperar una respuesta. No importaba: nada ni nadie podía ya detener aquel impulso que había tomado su vida y daba gracias a Dios por haberle ayudado a seguir su verdadera vocación de artista. El cabaret era su nuevo mundo, un templo de la alegría, como solía llamarlo, y en él, como sacerdotes sagrados, los actores y bailarines oficiaban con sus mejores trajes, maquillados, hacían de intermediarios entre los hombres y el Arte. En aquella nueva religión, a la que se había convertido en aquel Teatro Pereyra de su ahora isla olvidada, el placer de vivir era la única doctrina, aunque, a decir verdad, no todo era placer para los oficiantes: había que trabajar duro en los ensayos, se dormía poco y siempre por la mañana, las noches eran muy largas y no siempre el público era amable o se mostraba atento.

Sabemos que, hasta 1925, estuvo siempre en Barcelona, al lado de Chinito, en la misma compañía de variedades de Antonio Benítez, actuando en los cabarets de moda, siempre como un bailarín más del grupo, pero de su vida íntima o privada de por aquel tiempo apenas conocemos un puñado de detalles y éstos dan cuenta de una existencia más bien oscura, como sugiere el hecho de que en cierta ocasión, después de una de aquellas largas noches de espectáculo, cuando regresaba a su casa por la calle de Sant Pau, al parecer vestido de mujer, unos marineros borrachos que pasaban por allí (o que tal vez estaban esperándolo) le dieran una paliza, de cuyas heridas hubo de recuperarse en un hospital durante al menos dos semanas. O que en otra ocasión se viera involucrado en la desaparición de unos mantones de Manila en los camerinos del célebre Eldorado, aunque finalmente la acusación recayó en otro miembro de la compañía, que fue denunciado y, por supuesto, dejó de trabajar para Antonio Benítez. Y algo más y, sin duda, aún más decisivo: Chinito murió en 1925 debido a una sobredosis de morfina. Estos y otros pocos hechos aislados que hemos llegado a conocer revelan también fragmentos rotos de un mapa que oculta más que muestra y con el que, por tanto, no resulta fácil guiarse para llegar al corazón del extraño, ni siquiera para acceder a los puntos aproximativos de su ambición, sus dudas o su soledad. La muerte de Chinito tuvo que cambiar el destino de nuestro joven artista, pues de él dependía en muchos aspectos de la vida, principalmente en el sentimental, pero tal vez en aquel cambio inesperado, en aquella muerte, se sitúa el origen de un itinerario nuevo, los beneficios que, de cualquier otro modo, no hubieran podido llegar seguramente. Así, sólo un año después, en el mes de mayo de 1926, encontramos a Carlos Cervera, pero ahora convertido en *Angelito*, que al parecer era como lo llamaba su malogrado amigo y compañero, actuando en un cabaret de Madrid junto con *Primavera*, una espigada bailarina aragonesa, de ojos muy grandes y negros, a la que tuvo que haber conocido en Barcelona y con la que, en circunstancias que desconocemos completamente, decidió empezar una nueva aventura artística que lo llevaría a recorrer el mundo.

Primavera y Angelito ofrecían un repertorio de danza española y formaban, a decir de las crónicas periodísticas de la época, «una graciosa pareja con lujoso vestuario y habilidosa en posturas». De sus actuaciones en Madrid sólo cabe deducir que debieron de ser muy exitosas, ya que significaron el potente impulso inicial hacia nuevos contratos, sobre todo en el extranjero, pues la así denominada siempre en los programas «danza española» —en realidad un batiburrillo de flamenco, rumbas, tangos, y jotas, con abundante repicar de castañuelas y exagerados pasos de baile— atraía muchísimo a un público siempre amable con el exotismo español. De Madrid, aquel mismo verano de 1926, viajaron a Lyon, donde durante tres semanas actuaron en el Circo de los Hermanos Cellini, con éxitos celebrados por la prensa local, que se ocupó de elogiar sobre todo el vestuario. Rouen, Aix-en-Provence, Rodez, Toulouse, Dijon, Rennes…, a principios del año 1927 todavía continuaba la pareja en Francia, de una ciudad a otra, en circos y teatros, hasta llegar al celebrado Circo de Invierno de París, donde los aplausos llegaron por fin, sigilosos, hasta la pequeña isla natal, cada vez más pequeña en la memoria de Carlos Cervera, en forma de postales y de recortes de periódicos que la hermana, mi abuela, miraba una y otra vez sin saber muy bien qué pensar, si alegrarse o no, y luego guardaba en un cajón de su armario. La gira francesa no llegó al año de duración y la pareja se trasladó a Barcelona, a la espera de nuevos contratos, largos o cortos, en el extranjero; entretanto, su programa de baile fue también celebrado, aunque con mucho menos entusiasmo, en los teatros del Paralelo. Fue en este tiempo, durante la primavera de 1927, cuando murió el padre del artista, mi bisabuelo, y cuando su hermana, que ya estaba por entonces embarazada de mi madre y tenía a su marido, teniente de Ingenieros, destinado en el Sáhara, tuvo la ocurrencia de enviarle un telegrama con la noticia a la única dirección que conocía de él, la de Chinito, donde ahora vivían otros dos bailarines de la compañía de Antonio Benítez, gracias a los cuales Carlos Cervera, aunque ya no trabajaba con ellos, supo aquel mismo día que su padre había muerto de un ataque al corazón. No llegó a tiempo al funeral ni al entierro, pues no salían barcos diariamente con destino a las islas y porque, para estas cosas, no había costumbre de esperar a nadie, pero el extraño se presentó tres días después, más extraño que nunca, tras casi ocho años de ausencia, para abrazar a su madre, a su hermana y a su abuela, visitar el cementerio y asistir a las misas vespertinas que quedaban por decir en memoria del difunto. La iglesia se llenó aquellos días para ver al artista reaparecido, cuyo aspecto debió de impresionar vivamente a todos, pues fue tema de conversación durante años. Por lo que mi madre me ha contado, y siempre según la suya, mi abuela, la familia se alegró mucho de verlo de nuevo, pero hubiera preferido sin duda que, durante aquellos días, no hubiera salido de casa con los ojos pintados. Los vecinos le dieron el pésame mirándolo fijamente a los ojos y sólo las mujeres se atrevieron a darle también un abrazo. Fueron momentos tristes, pero no es menos cierto que su presencia, durante los cuatro o cinco días que pasó en aquella casa familiar, donde había nacido, animó a aquellas mujeres que no habían dejado de pensar en él nunca desde su marcha ni de sufrir por su destino, y sin duda tuvo que ser entonces cuando su abuela, que moriría solamente un año y medio después, decidió en secreto dejarle a él y a nadie más su propia casa en herencia, después de que el nieto explicara con más o menos detalles su forma aventurera de vivir. Con seguridad, y pese al duelo, rieron mucho aquellos días con las aventuras contadas por Carlos, ahora también, o sobre todo, Angelito, con una complicidad de mujeres que siempre estaban juntas y sabían concederles a los hechos y a la vida de los demás su valor más justo. Con todo, cuando el artista se dispuso una noche a ofrecerles una pequeña muestra de su repertorio musical, ya vestido incluso para la ocasión, con el apoyo de la hermana y de la abuela, su madre dijo que, con el cuerpo de su marido todavía caliente en la tumba, de ninguna manera podía permitir semejante teatro en su casa, y aquella noche no se bailó ni se cantó, por supuesto, pero nada les impidió escuchar a las tres mujeres, encandiladas, después de cenar, y hasta más allá de la medianoche, las maravillosas descripciones que el artista les hizo de la ciudad de París y de sus famosos cabarets.

En los años siguientes, Primavera y Angelito bailaron en Londres, en Viena, en Milán, en Atenas, en Budapest, de todos estos sitios hay postales y recortes amarillos de periódicos donde en diferentes lenguas se informa de la gracia de la pareja española y de su vestuario inolvidable. Circos y teatros, cabarets de muy diversa condición y hasta plazas de pueblo: la danza española, de moda entonces dentro y fuera de nuestro país, viajaba también con ellos por Europa y triunfaba con su gestualidad nerviosa, con su taconeo rítmico, con su exótica elegancia. Parece que fue en Viena donde más tiempo estuvieron, casi dos años, y que allí fue también donde Carlos Cervera aprendió el alemán que, siempre según mi madre, hablaba perfectamente, aunque también lo oyeron hablar, a su regreso a la isla casi cuarenta años después, con la misma fluidez, ya fuera por teléfono con algún amigo o conocido, ya con los turistas que por entonces empezaban a visitar en gran número la isla, el inglés, el francés y el italiano. Parece también que tanto a Primavera como a Angelito les gustaba practicar el transformismo, de modo que eran muy celebrados por el público sus cambios de papel en el escenario, sorprendente y cómplice alternancia siempre favorecida por el parecido de sus cuerpos y el uso de las mismas tallas para trajes y vestidos. La incorporación en el repertorio de los números transformistas constituyó un gran éxito, como era de esperar, y se convirtió en la atracción singular de la pareja, no en la única, pero sí en la más reclamada por los espectadores que acudían a disfrutar de sus bailes. Muy pronto decidieron incluir en el repertorio canciones, seguramente porque era también lo que a menudo aquel público esperaba y, aunque ninguno de los dos destacaba por tener una gran voz —la de Carlos se había quedado sólo en una promesa—, parece que conseguían suplir sus defectos con su innata y habitual gracia, por lo que también tuvieron el aplauso. Angelito cantaba con sentimiento los tangos *No te quiero más*, *Un viejo amor*, *Buenos Aires* y *Langosta*, mientras que Primavera entonaba muy bien las canciones *La violetera* y *El relicario*, que por aquellos años interpretaba en los mejores teatros del mundo la gran Raquel Meller. Al menos hasta principios de 1930 la pareja bailó y cantó por Europa, en mejores o peores lugares, con más éxito o con menos, disfrutando de su arte pero también sufriendo de nostalgia, hasta que aceptaron una rara invitación para actuar en Bombay, en una fiesta del Marajá de Kapurthala, a la que llegaron exhaustos por el viaje y, durante la cual, el guitarrista que los acompañaba a todas partes, un tal Pedro Hidalgo, cayó fulminado en plena actuación debido a un derrame cerebral. Aquí necesito recordar lo que me contó mi padre, con su habitual sentido del humor, a propósito de aquella actuación trágica en la India, y que, por supuesto, se lo había oído contar al mismo Carlos Cervera durante una larga sobremesa de domingo: que el guitarrista cayó muerto en el mismo instante en que Primavera cantaba aquella estrofa de *El relicario* que dice: «Al dar un lance, cayó en la arena, se sintió herido, miró hacia mí...». Cayó de verdad el guitarrista y la fiesta continuó sin la pareja española que, después de enterrar a Pedro Hidalgo en el cementerio católico de Bombay, regresaron por fin a Barcelona. Por razones que no he podido averiguar, la pareja artística se separó inmediatamente después de su largo periplo europeo —con la espantosa excursión india final— y cada cual continuó con su carrera por separado. De Primavera, que muy pronto pasó a llamarse Ascensión Palacio, que por lo visto era su verdadero nombre, sabemos que, al poco de volver a Barcelona, empezó a trabajar en el Petit Moulin Rouge —así se llamaba entonces El Molino—, donde coincidió con la Bella Dorita, y que todavía trabajaba en este mismo cabaret cuando murió, víctima de la tuberculosis, en 1936, pocas semanas antes del comienzo de la guerra civil. Han llegado hasta mí dos fotografías suyas y en ambas aparece posando, delgadísima, con largos pendientes, brazaletes y tocados brillantes, en compañía de nuestro artista: en una, vestida de flamenca, y en la otra, de danzarina oriental, con el vientre desnudo. Angelito, que ya nunca más se llamó así tampoco, aparece en las mismas fotografías, en una, con sombrero, y en la otra, sin él, vestido con unos trajes en verdad deslumbrantes, con bordados florales, pañuelo, fajín, chaleco, esclavina. Bailó por aquel tiempo, mientras Ascensión lo hacía en el Petit Moulin Rouge, en diversos escenarios de la ciudad, como el Arnau y el Rigat, hasta que en 1932 se trasladó a Madrid donde tuvo oportunidad de mostrar su arte en el Kursaal Central y en el Salón Chantecler, ambos situados en la plaza del Carmen.

Tuvo que ser en el Kursaal donde mi tío abuelo, que desde su llegada a Madrid se había convertido en *Aurelio*, conoció a La Argentinita, por entonces en la cima del éxito, como suele decirse, debido a su innovadora coreografía de la obra *Las calles de Cádiz*, escrita por su amante, el no menos célebre torero Ignacio Sánchez Mejías, y no sólo a La Argentinita, sino también a aquellas figuras del flamenco que la acompañaban, como Fernanda Antúnez o Rafael Ortega. Aquel espectáculo flamenco, sin duda, debió de cautivar a nuestro artista, pero no menos el entorno del mismo, es decir, la *troupe* de amigos que se dejaba ver habitualmente con bailarines y músicos, en el teatro o fuera de él, en las tabernas, como el mismísimo Federico García Lorca, que era el autor de algunas de las canciones de la obra, a quien nuestro extraño decía haber conocido y a quien por lo visto admiraba de un modo excepcional, pues del poeta de Granada llevaba consigo, en su cartera, siempre según mis padres, que la vieron, una fotografía dedicada, y sabía también, de memoria, completo, el *Llanto por la muerte de Ignacio Sánchez Mejías*, que recitaba con emoción desbordante (y ademanes un poco ridículos, en opinión de mi padre). Pero cómo consiguió entrar en aquella compañía célebre no lo sabemos bien, ni siquiera exactamente cuándo, sólo tenemos noticia de que, cuando La Argentinita, tras la trágica muerte en 1934 de su amante, en la plaza de toros de Manzanares, decidió irse de España y llevar su espectáculo a América, Carlos Cervera, Aurelio, iba con ella como un bailarín más del grupo. Y así empezaron a llegar hasta su isla una vez más las postales lejanas, ahora desde Argentina, Chile, Panamá, México y Estados Unidos, postales que mi abuela, por entonces ya viuda, leía y guardaba casi al mismo tiempo, como ya había hecho otras veces. Postales de Buenos Aires en primer lugar, donde La Argentinita había nacido, aunque de padres españoles —y también artistas—, y en cuyos escenarios su peculiar estilo y sus coreografías flamencas gustaron casi más que en ninguna otra parte, por lo que la compañía permaneció allí durante casi un año. Hay que suponer que aquéllos fueron tiempos felices para Aurelio, y no solamente porque las postales lo dijeran —y las pocas que se conservan continúan diciéndolo, con una letra muy esmerada—, sino porque, a diferencia de sus viajes por Europa con Primavera como pareja artística, un poco a trompicones y casi en cualquier lugar, ahora viajaba y actuaba en una compañía de celebrado prestigio —siempre atraía a los intelectuales, y no sólo en Madrid, sin dejar de ser extraordinariamente popular—, en teatros principales, aunque su participación en ella se mantuviera muy lejos del protagonismo que su ambición hubiera deseado, pues todo apunta, en definitiva —es decir, la razón de su contrato—, a una obligada sustitución de última hora, aunque sobre esta cuestión, como sobre otras muchas, nada está del todo claro. En mi familia, he de decir, se habló siempre de este extraño nuestro con una admiración que desembocaba irremediablemente en ironía, cuando no en sorna, aunque a veces ocurría al revés, así que puede decirse que su recuerdo despertaba en todos, incluso en quienes no llegamos a conocerlo bien, una sonrisa teñida de condescendencia, un reconocimiento que no acababa de llenar de orgullo, y no recuerdo que nunca se advirtiera algún parecido mío con él, pero sí que recuerdo, en cambio, cómo en algunas ocasiones se me previno para que no llegara a parecerme. De Buenos Aires viajaron a Santiago de Chile, donde al parecer no estuvieron mucho tiempo, y luego a Panamá, a México y, finalmente, a Nueva York, ciudad donde La Argentinita deslumbró como no lo había hecho nunca nadie hasta entonces con un espectáculo flamenco, tal como puede comprobarse leyendo las crónicas de los periódicos, tanto españoles como neoyorquinos.

Postales con rascacielos y largas avenidas también se han conservado en nuestra casa, así como una fotografía del extraño con la estrella del espectáculo, firmada por ambos y dedicada a mi abuela. Cuando regresaron a España, en la primavera de 1936, Aurelio tenía treinta y tres años, la compañía se tomó un respiro tras la larga gira americana, y fue entonces cuando mi tío abuelo decidió viajar de nuevo a su isla, por segunda vez desde su huida en 1919, sin sospechar que iba a asistir a un segundo entierro. Su inesperado regreso no pudo llegar en un momento más oportuno, pues su madre se encontraba muy enferma. Pudo así acompañarla en sus últimos días, despedirse de ella para siempre, mientras le relataba anécdotas de su aventura americana y le cantaba sus canciones preferidas. Y pocos días después del funeral, en el que se empeñó en cantar el *Ave María* de Schubert, parece que con temblorosa voz, volvió a embarcarse de nuevo hacia Valencia para, desde allí, en tren, viajar a Madrid, donde la compañía de La Argentinita tenía previsto iniciar los ensayos para un nuevo espectáculo, lo que no llegó a suceder, ya que el comienzo de la guerra civil dispersó a la mayoría de los componentes del grupo, empezando por la propia estrella del flamenco, que decidió marcharse, primero a Marruecos, después a Estados

Unidos, donde moriría de un tumor en el vientre en 1945.

También el artista Carlos Cervera abandonó España en el verano de 1936 para viajar a México, donde, al parecer, durante la gira del año anterior, había hecho amistad con un tal Rodrigo, anticuario de profesión, y lo que, en un principio, seguramente, no fue más que un refugio provisional, se convirtió en su nueva casa, la ciudad y el país donde se quedaría a vivir. No hay, sin embargo, muchas postales de aquella época, pero sí sabemos que allí continuó en el mundo del espectáculo unos años más, primero en una compañía exiliada de españoles, como segundo bailarín, después en la suya propia, como director de coreografía, y que con esta última viajó al menos en una ocasión a Tokio, desde donde envió también postales exóticas y alguna fotografía en la que puede verse acompañado de un hombre alto y moreno, algo mayor que él, seguramente Rodrigo. De su vida en México con el anticuario apenas he llegado a saber nada, pero precisamente por este motivo siempre he querido imaginar una vida sosegada, tal vez hasta hogareña y feliz, sin sobresaltos. Abandonó definitivamente el espectáculo hacia 1945, cuando ya había cumplido los cuarenta y dos años, después de su aventura como director de compañía propia, aventura que tal vez, por la brevedad de la misma, cabe suponer que no tuviera mucho éxito. Desde entonces, cada año, para el cumpleaños de mi abuela, el veintidós de junio, enviaba una carta de felicitación, siempre según mi madre, que las vio y las leyó en su momento, pues no se ha conservado ninguna, y a las que mi abuela no siempre respondía. Sin embargo, sé que, cuando nací yo, mi abuela, que fue también mi madrina, se empeñó en que le hicieran una fotografía conmigo en sus brazos para enviar inmediatamente a su hermano. Éste la recibió, pero, al parecer, no hubo respuesta. Sólo cuando, unos meses más tarde, llegó como todos los años la carta de felicitación en junio, hubo unas breves líneas de celebración dedicadas al nacimiento del nieto. Por entonces, ni el extraño ni mi abuela sospechaban que sólo dos años después iban a reunirse de nuevo. Tuvo que ser la muerte de Rodrigo, aquel mismo año de mi nacimiento, la causa verdadera de su retorno, así como una repentina nostalgia difícil de comprender si nos atenemos a la crónica de su vida. No obstante, es cierto que padecía una enfermedad pulmonar, aunque no tan grave como él imaginaba y decía, y parece que de ella llegó hablando solamente como razón de su regreso. Solo, enfermo y triste, desembarcó como el extraño que había sido siempre, dispuesto a pasar sus últimos días en su ciudad, en su casa y con su familia, pero una vez recuperado física y anímicamente, y, como ya se ha explicado, después de la muerte de su hermana, mi abuela, Carlos Cervera no encontró ni un solo motivo para continuar allí. Y aunque Ibiza había cambiado mucho por entonces, era ahora mucho más cosmopolita, abundaban los artistas extranjeros, los turistas y se daba un ambiente más o menos relajado, se sentía viejo para participar y le costaba mucho relacionarse. Aislado en su propia isla, a disgusto con unos y con otros, añoraba México, donde al fin y al cabo había pasado casi la mitad de su vida y donde era recordado y esperado aún por un puñado de amigos que lo apreciaban.

Sé que asistí a su despedida, en el puerto, pero lo que conservo son solamente recuerdos heredados, imágenes que no son mías, aunque a veces tenga la impresión de que sí pertenecen a mi memoria. Veo al tío Carlos subir al barco, el *Ciudad de Valencia*, impecablemente vestido, como solía ir siempre, con un panamá y un cesto colgado del hombro, con unas grandes gafas de sol. Sus maletas ya habían sido llevadas al camarote. Y antes de entrar en el barco, todavía en la escalerilla, lo veo saludar con la mano, como un artista del espectáculo hace con su querido público, lanzándonos un beso definitivo. Y nada más, solamente el barco saliendo del puerto, ya de noche, con las débiles luces encendidas en el muelle.

Dos años después de aquella despedida, mis padres recibieron una carta desde México en la que se les anunciaba que Carlos Cervera había sufrido un ataque al corazón mientras asistía a un espectáculo de flamenco y que, tres días después, había muerto en el Hospital de la Virgen de la Luz. La carta, escrita por un tal Enrique Gómez, iba acompañada, «en cumplimiento de un deseo expresado en algunas ocasiones por el propio Carlos», de una fotografía del difunto en la misma cama del hospital donde acababa de morir, última postal viajera del extraño que ahora también guardo yo junto a todas las demás.

LA TUMBA
DEL COMANDANTE CHICO

I

Siempre me contaron que a primera hora de la mañana del 18 de julio de 1936 el comandante Ramón Chico, que por entonces tal vez no debía de ser aún comandante, se encontraba en su casa de la calle Bravo Murillo practicando yoga, como venía siendo su costumbre matinal desde hacía ya algunos años. A esta primera imagen, serena y oriental, tantas veces evocada durante las conversaciones familiares, cuando a mí, siendo un adolescente, se me ocurría preguntar por nuestro tío Ramón, recurro ahora una vez más para intentar aproximarme a aquel extraño cuya sombra estuvo tan presente en la vida de mi padre y, mientras éste vivió, también en la mía, aunque de un modo diferente, por supuesto, con perfiles menos definidos. No puede ser aquella lejana imagen, sin embargo, aunque significativa, una imagen nítida, pues desconozco, para empezar, cómo era aquella casa madrileña donde residía junto con su mujer, Rosario, ni sé tampoco qué ropas solía vestir, por ejemplo, para sus prácticas espirituales. Respecto a su propia figura, tengo que conformarme con la que conozco por las tres fotografías que me han llegado y conservo: era un hombre de estatura media —aunque hoy sería bajo—, complexión no muy fuerte, de cabello negro y muy fino pero poco abundante, y su nariz era grande. Llevaba monóculo en el ojo derecho. Sólo en una de las tres fotografías conservadas aparece vestido con uniforme militar, la más antigua, fechada en 1914, y en ella posa con barba bien recortada y un bigote delgado con las puntas en alto. Trato entonces de pensar en aquel Ramón Chico, la persona a la que mi padre más admiró siempre y echó de menos, aquella mañana del 18 de julio en la que todo iba a cambiar definitivamente en su vida, concentrado o enredado en su propio cuerpo tal vez sobre una alfombra persa o turca, con la mente en blanco y el corazón desnudo. Trato de oír su silencio, de penetrar en la cálida atmósfera de su soledad. No lo consigo, claro, porque todo está demasiado lejos y porque para llegar a aquel lugar y a aquel momento, para poder aproximarme a aquel cuerpo, a aquella mente, he de penetrar primero en los recuerdos de mi padre: túneles oscuros una vez más por donde los fantasmas reaparecen esquivos. Pero no faltan, en estos mismos túneles, viejas palabras que vuelven también —a veces casi en forma de sentencias o de oráculos—, instantes inconexos pero luminosos de una vida que pudo ser distante pero nunca ajena, la memoria de un hombre a quien nunca vi, con el que nunca hablé, la sombra en definitiva de un recuerdo, pero una sombra que, aunque apenas visible, siempre conocí encendida, como una llama sagrada familiar. Aquel hombre tranquilo, sin embargo, ya conocía en 1936, a sus cuarenta y cinco años, el impulso furioso de las guerras: como joven piloto del ejército había sobrevolado en 1921 la playa de Sidi Dris, el valle del Lau, la bahía de Alhucemas, los tejados de Annual, y todo cuanto había aprendido tan cerca de las nubes tuvo que ver con la obediencia, el dolor y la muerte. En aquel cielo africano y desde uno de aquellos aviones de combate de frágil apariencia, no pudo haber sido difícil para él contemplar por primera vez el mundo como un espectáculo teñido de sangre y de humo negro. Así que, aquel mismo día, quince años después de aquella experiencia, al conocer la noticia del golpe militar, supo también que empezaba «un duelo a vida o muerte», porque éstas fueron sus palabras, según iban a ser siempre recordadas, el escueto mensaje pronunciado a su familia sin atenuar las consecuencias y con una serenidad clarividente. Y su familia creía en él, porque era el marido, el hermano y el tío admirado, alguien en quien se podía confiar, de quien se esperaba todo en cualquier lugar y circunstancia: protector de mujer enferma, de cuatro hermanas solteras ya mayores, quisquillosas y un poco beatas, de otra hermana más, la pequeña, mi abuela, ya viuda, y de sobrino huérfano, mi padre. De aquel hombre qué podría decir yo ahora, qué perfil podría dibujar que les hiciera justicia a todos, a él en primer lugar, pero también a quienes en él se apoyaban, hoy ya muertos, enterrados aquí y allá, olvidados completamente o a punto de empezar a serlo.

Ninguna biografía, por breve que pueda llegar a ser, carece de laberintos: entrar en ellos conlleva el peligro de no saber salir. (Y sin embargo, en aquellas zonas oscuras y perdidizas casi siempre florecen los más hermosos endemismos, ejemplos únicos a los que aspiraríamos como científicos o coleccionistas.) Una biografía, como la salida de un laberinto, es también, en primer lugar, el inicio de una búsqueda. Cuando de lo que se trata es de reconstruir la vida de un extraño, por más o menos lejos que haya podido estar de uno, por más lazos de sangre que existan o de fidelidad que se hayan podido establecer con el tiempo, esta búsqueda debiera comenzar no en los recuerdos, pues pudiera ser que los recuerdos ya no existieran o hubieran sido desdibujados, sino en las huellas, es decir, en las heridas y en las cicatrices que sí han permanecido. Empezaremos, pues, por algunas de estas huellas. A mi padre, hombre que, aunque sensible, no se permitía a sí mismo el más leve gesto de emoción, lo sorprendí con lágrimas en los ojos, que yo recuerde, una sola vez: releía unas viejas cartas que habían sido enviadas durante años desde Lisle-sur-Tarn, un minúsculo pueblo cercano a Albi que siempre he tenido que buscar en el mapa varias veces, donde Ramón Chico se vio obligado a vivir y a morir durante su exilio funesto. Yo era un niño entonces y tuve noticia de aquel tío abuelo por primera vez el mismo día de tristeza, el 16 de febrero de 1970, que había sido también, por la mañana temprano, el día de su muerte. En aquellas lágrimas paternas y en la tristeza de los meses siguientes, puedo descifrar hoy la historia del amado tío, y solamente desde aquella desolación inesperada, desde aquellas heridas en el rostro de mi padre, llenas de significados profundos aunque inalcanzables en su mayor parte, me veo capaz de anotar lo poco que he llegado a saber de aquel extraño. Después de que mi padre me hablara por primera vez, aquel mismo día, de su tío Ramón, tardé al menos un año en volver a preguntarle, pues seguramente, siendo yo sólo un niño como era entonces, debí de relacionar la figura del comandante con la amargura y preferí no regresar a aquellos instantes que, sin embargo, no he olvidado jamás. Años después llegaron los relatos nunca lineales de su vida, fragmentos de diferentes épocas, pero sobre todo del único periodo en el que mi padre estuvo muy cerca de él, pudo conocerlo bien y llegar a admirarlo, es decir, en los años treinta del pasado siglo.

Hasta donde yo sé, del comandante Ramón Chico puede decirse que era un militar diferente o atípico, pero se trata sólo de una suposición mía, basada seguramente en algunos prejuicios habituales y en la admiración heredada. Con todo, cabría preguntarse, para confirmarlo, si los oficiales españoles de aquel tiempo, al menos aquellos que, como él, estaban destinados en la capital y ocupaban un cargo en el Ministerio de la Guerra, hacían yoga habitualmente: si se trataba, quiero decir, de una práctica común, algo así como una moda más, moderna y pasajera, de los años de la República. Pero entonces también cabría preguntarse si eran vegetarianos e iniciados en la teosofía, porque nuestro tío Ramón era en ambas disciplinas un convencido y destacado discípulo, o si eran aficionados a la ornitología hasta el punto de pasar fines de semana en la sierra aguardando a que apareciera la primera pareja de alcaudones del verano, si leían a Schopenhauer o a Bergson —no diré con placer, pero sí, al menos, con vivo interés—, si eran ateneístas y amaban las tertulias. Y, sobre todo, si eran capaces de ser o de hacer todas estas cosas sin que el ejercicio de la milicia se resintiera de algún modo. En realidad no lo sé, ni tampoco pretendo averiguarlo, ahora no importa saber si Ramón Chico era o no una excepción en aquel ejército variopinto, inescrutable. Más bien sí, se diría, aunque tampoco puedo imaginarlo completamente solo, pues era hombre sociable, hasta donde yo he podido saber también, extremadamente sociable incluso, amante de compartir ideas y aficiones. Por lo demás, aquellos militares de su tiempo, fueran de una manera o de otra, tuvieron su guerra, eso sí lo sabemos, se mataron entre ellos y provocaron una catástrofe de la que todavía hablamos y escribimos como si hubiera ocurrido ayer mismo. Nunca sabremos cómo eran en verdad, nadie lo ha sabido nunca, ningún libro ha conseguido explicarlo. Así que para mí, el comandante Chico ha sido y continúa siendo, sobre todo, el tío de mi padre y uno de los extraños que han habitado, con su viva y poderosa ausencia, la casa familiar. A su memoria se acudía por razones diversas, por su integridad moral y por su idealismo principalmente, aunque se trataba, al parecer, de un idealismo tan exacerbado que, según se podía llegar a suponer también —al menos en aquella época tan amable y segura de mi adolescencia en la que Ramón Chico, ya muerto, se había convertido en un tema más de conversación familiar durante algunas sobremesas relevantes del año—, le había hecho cometer no pocos errores seguramente. Pero a su memoria se acudía también por sus curiosas actividades y pasiones cotidianas, las cuales, por cierto, han sido poco seguidas, no han tenido continuadores en la familia, porque ni la ornitología ni la teosofía ni el naturismo vegetariano, después de él, han interesado mucho a nadie entre nosotros. Ni siquiera la República. En realidad, nada de lo que para el comandante Chico fue importante en su vida nos ha importado a nosotros, aunque nunca dejó de ser admirado por todo cuanto hizo y dijo. Se hablaba de él como de una especie única en su género, cada vez más única, a decir verdad:

como el más extraño de una familia que, desde que acabó la guerra, procuró evitar siempre toda extrañeza y a la que el franquismo logró convertir en una más de entre muchas, conformista y hasta próspera. Y allá había quedado el tío Ramón, lejos de todo y de todos, enterrado vivo en un pequeño pueblo del suroeste de Francia, como una reliquia superviviente de aquella contienda infame, idealizado por su hermana, mi abuela, y su sobrino, mi padre, hasta el final de sus días. Solamente en una ocasión fueron a visitarlo, yo no había nacido. Mi padre esquivaba siempre en nuestras conversaciones aquel encuentro que, al parecer, estuvo teñido amargamente, desde el primer día hasta el último, por la mayor tristeza, aunque recordaba que su tío no había perdido la esperanza de poder regresar a España, creía de verdad que en cualquier momento Franco moriría y los republicanos volverían tranquilamente, como si nada, para poner las cosas en su sitio. Mi abuela y mi padre ya sabían por entonces —hablamos de mediados de los años cincuenta—, como empezaba a saber todo el mundo, que a Franco no le apetecería morirse pronto, no antes, al menos, de que se murieran Ramón Chico y todos los que, como él, aún guardaban algún recuerdo vivo de la segunda y desgraciada República. Se evitaron el dolor de explicárselo, eso sí lo sé, y lo dejaron allá para siempre, con su mujer todavía enferma, con su idealismo insobornable y sus proyectos de futuro imposible. Y luego ya sólo hubo cartas y más cartas en las que siempre se deseaba lo mejor para todos.

Ramón Chico, comandante del ejército republicano, español en el exilio. He pensado muchas veces también en aquellos días de Francia, en aquella imagen suya, deteriorada, envejecida —tan distinta de aquella otra con la que hemos empezado este relato y en la que siempre preferí pensar durante mi juventud—, la imagen de un hombre que aún esperaba un poco de justicia en este mundo, después de haber sido desterrado, de haber perdido casa, familia, amigos, después también de haber padecido, como tantos otros exiliados, toda suerte de calamidades en los campos franceses de refugiados, después de haber sufrido la indiferencia, el desprecio por todo lo que para él había sido noble y sagrado, y finalmente el olvido. Esto era lo que mi padre vio cuando visitó a su querido y añorado tío en Lisle-sur-Tarn en 1956 y de lo que prefería no tener que hablar conmigo ni con nadie: un hombre que se parecía ya muy poco al que tanto había admirado, un hombre arruinado con una sola esperanza pero absurda. Y, sin embargo, aquella esperanza seguramente era lo que lo mantenía con vida aún. ¿Continuaba practicando yoga? Mi padre no supo contestarme, no lo sabía.

No hice todas las preguntas que debiera haber hecho y ahora ya no queda nadie a quien preguntar, todos han muerto, a Ramón Chico ya solamente lo recuerdo yo, que ni siquiera llegué a conocerlo, nadie más, y de él no perduran más que un puñado de viejas cartas, algunas de ellas ilegibles, y tres fotografías estropeadas en las que aparece siempre, muy serio, solo o con alguna de sus hermanas solteras. También un libro que le perteneció, que conservaba y utilizaba con provecho mi padre —o al menos eso decía—, y que ha pasado a ser mío. Guardo este libro, ya deshojado y amarillo, en un lugar especial de mi estudio, junto con otros recuerdos familiares o *souvenirs* del pasado, y no porque se trate de uno de los libros más viejos que poseo —está publicado en 1925— ni porque perteneciera a nuestro tío Ramón, sino porque en mi pequeña biblioteca carece de compañeros similares entre los que permanecer. Se titula *Manual del enfermo* y está escrito por el doctor Eduardo Alfonso, médico fisiatra. El libro lleva también en la portada un subtítulo que es, seguramente, el más largo que he visto nunca: *Exposición práctica y concisa de reglas terapéuticas e higiénicas, fáciles y eficaces, para tratar toda clase de síntomas, en ausencia del médico o mientras llegan sus consejos, o en casos de urgencia.* Y aún en letra más pequeña, arriba, es decir, por encima del título y del subtítulo, hay espacio para una cita, no pequeña tampoco, de un tal doctor L. Corral, que dice: «El Naturismo prudentemente entendido, sobreponiéndose a todo, ha salvado a la Medicina del naufragio seguro a que repetidas veces la han arrastrado los sistemas». Y esto no es todo, porque en la parte inferior de la portada hay también espacio para el dibujo esotérico: un triángulo que contiene otro mucho más pequeño e invertido. En el ángulo superior del grande aparece la palabra fe y en los ángulos inferiores se leen las palabras razón y sentimiento. En la base de este mismo triángulo está escrita la palabra belleza, y en los lados figuran verdad y bien. También el triángulo interior e invertido lleva sus palabras: ciencia, arte, religión. Por último, en la portada se indica también el nombre de la editorial, Pueyo, y la dirección de la misma: Arenal, 6, Madrid. Y cuando abrimos el libro encontramos una dedicatoria autógrafa del doctor Alfonso que dice: «A mi amigo Ramón Chico, que conoce los beneficios de la correcta vía, los secretos de la salud». El prólogo está firmado por J. Pérez Sicilia, que tampoco sé quién es, y en él se hace un retrato con trazos gruesos del autor del libro: «Es el doctor Alfonso un espíritu sereno, reflexivo, sugestionador. Espíritu evolucionado y selecto, no usa nunca el sarcasmo hiriente, ni esgrime jamás la diatriba iconoclasta y enojosa. Discreto modelador del sentimiento en el troquel diamantino de la Sabiduría...». No he leído nunca este libro —aunque lo he hojeado algunas veces—, que es, sí, como su título señala, un manual de enfermedades comunes y remedios naturistas, pero del doctor Alfonso oí hablar también a mi padre, pues se acordaba muy bien de él y, sobre todo, de sus hijos, que tenían más o menos su misma edad, y se acordaba también de las excursiones que realizaban juntos, la familia del doctor Alfonso y la suya, con el tío Ramón a la cabeza, por los paisajes y pueblos del Guadarrama, Navalafuente, Manzanares el Real, Guadalix de la Sierra... En cierta ocasión, hacia 1933 o 1934, en una de aquellas salidas al campo, mi padre se perdió y acabó refugiándose en una de las legendarias cuevas del bandido romántico Luis Candelas: no fue encontrado hasta la mañana siguiente y fueron precisamente el doctor Alfonso y uno de sus hijos quienes dieron por fin con él. Seguramente mi padre me contó muchas más anécdotas de aquellas excursiones familiares, pero las he olvidado casi todas, por desgracia. Lo que sí recuerdo es haber recorrido en al menos un par de ocasiones aquellos mismos lugares, cuando mi hermana y yo éramos niños —después no he vuelto nunca más—, junto con mis padres y mi abuela: excursiones que debieron de ser nostálgicas para mi padre (y para mi abuela), aunque yo no lo pudiera saber por entonces. En Manzanares el Real sé que nos bañábamos, en una de las pozas grandes del río, y que comíamos también, en uno de los viejos bares del pueblo, aunque lo que mejor recuerdo es su imponente castillo. Sin embargo, y aunque no recuerdo que mi padre me hablara de ello, aquel mismo pueblo fue también importante para Ramón Chico por otra de sus aventuras del espíritu: la construcción de la llamada Casa del Filósofo.

A propósito de las inquietudes intelectuales de Ramón Chico solamente me han llegado breves y fragmentarias noticias, como la de sus estudios de filosofía en la Universidad Complutense de Madrid, que no pudo terminar, estudios que realizaba al mismo tiempo que los que le llevarían a ser militar y, por tanto, iniciados hacia 1907, cuando la familia se trasladó a vivir a Madrid, a un piso de la calle Galileo, precisamente para que los dos hijos adolescentes, los más jóvenes de la familia, Ramón y Asunción, mi abuela, pudieran ir a la universidad, pues hasta entonces habían estado viviendo en Albacete, donde la madre, mi bisabuela Olalla, ejercía de maestra, y el padre, mi bisabuelo Jorge, ya retirado, había sido capitán de la Guardia Civil y fabricante de jabones. Sospecho que la bisabuela Olalla tuvo bastante que ver en el interés de su hijo Ramón por la filosofía, pues todo cuanto sé de ella, muy poco, está relacionado precisamente con un puñado de artículos que, según parece, llegó a escribir y publicar con seudónimo sobre filósofos alemanes, sus estudios de Letras en la Universidad de Alcalá de Henares, donde fue la única mujer de su promoción, y su correspondencia —perdida— con las escritoras Carolina Coronado y Rosalía de Castro, a quienes parece también que llegó a conocer personalmente, es decir, con un conjunto de ecos dispersos sobre su mundo intelectual que a duras penas debió de poder compaginar con sus tareas de maestra y madre de seis hijos. Que adoraba a su hijo, el único varón que tuvo y el benjamín de la familia, y que trató de orientarlo con todo su cariño y esfuerzo hacia aquel mundo que consideraba privilegiado también lo sé, pero lo que

Ramón quería ser desde muy niño, seguramente por influencia paterna, era militar, vocación que nunca abandonaría aunque tampoco le hiciera perder el interés por los libros ni por el mundo de las ideas. Lo cierto es que, si en un principio, la carrera militar fue más importante para él que la filosofía, más tarde, después de su participación en la guerra de África, empezó a ocurrir lo contrario, aunque nunca hasta el punto de pensar en sustituir una cosa por otra, pues parece ser que su empeño por ser un buen militar siempre estuvo presente en su vida, antes y después de la guerra africana. No retomó, sin embargo, sus estudios universitarios inacabados, pero fue entonces cuando entró en contacto con el círculo del doctor Eduardo Alfonso y con la filosofía práctica naturista que le llevaría en pocos años al vegetarianismo, al yoga y, finalmente, también a la teosofía. Lo que Ramón Chico descubrió durante aquellos años fue la filosofía de la Naturaleza, tal vez la Naturaleza misma, y su pasión por los pájaros, por ejemplo, data también de aquel tiempo en el que cabe suponer, tal vez, a un hombre desengañado por las consecuencias de una guerra atroz. La biblioteca del Ateneo se convirtió en su segunda casa, así como las tertulias donde predicaba con entusiasmo el filósofo Roso de Luna y a las que acudía con frecuencia, entre otros intelectuales y artistas, Valle-Inclán, quien con su libro *La lámpara maravillosa* ya había dado buena cuenta, algunos años antes, de su vinculación con la teosofía. A decir verdad, la filosofía que había estudiado en la Complutense poco o nada tenía que ver con la que ahora ocupaba buena parte de su tiempo, pero entre una y otra había conexiones fundamentales, enriquecimientos mutuos, mientras que, por otra parte, su amigo el doctor Eduardo Alfonso le había enseñado que toda filosofía, para llegar a serlo hasta sus últimas consecuencias, debía ser una lección permanente que pudiera ponerse en práctica en la vida diaria. Metódico y riguroso por naturaleza (y por disciplina militar), a nuestro tío Ramón no debió de resultarle muy difícil adoptar aquella nueva vida filosófica.

La *Schola Philosophicae Initiationis* fue creada en Madrid en 1928 por el doctor Eduardo Alfonso y por Mario Roso de Luna: el acta de su fundación fue redactada en el célebre café Gijón, donde acostumbraban a reunirse discípulos y amigos, entre ellos nuestro tío Ramón Chico, aunque muy bien podría haberse firmado también en el Ateneo de Madrid, ya que todos ellos eran ateneístas y coincidían a menudo en su biblioteca consultando la misma clase de libros.

Organización teosófica iniciática, la nueva Escuela nació en realidad como contestación a ciertas desviaciones en la doctrina de la Sociedad Teosófica Española. Tanto el doctor Alfonso como, sobre todo, Roso de Luna —primer traductor al castellano de las obras de Madame Blavatsky—, eran por entonces ya dos pesos pesados de la teosofía, con un gran número de obras publicadas, así que el cisma provocó reacciones enconadas y discusiones de alto nivel. Roso de Luna era, además, masón y astrónomo: fue conocido como *El Mago Rojo de Logrosán* (descubrió un cometa que continúa llevando su nombre). Y fue suya la idea también de construir en Manzanares el Real una casa de convivencia y estudios iniciáticos para la nueva *Schola Philosophicae Initiationis*, que pronto fue bautizada como Casa del Filósofo, y que fue financiada a partes iguales por maestros y discípulos, «gracias a la unión fraternal de unos pocos», en palabras del doctor Alfonso, pues cada uno de ellos pagaba la construcción de su propia habitación. Ramón Chico tuvo en esta casa, inaugurada en 1930, también su propia celda de estudio y meditación, aunque todo cuanto hiciera, pensara y tal vez escribiera en este lugar es un enigma para mí tan profundo como los enigmas que allí se celebraban y discutían. Sólo sé que los iniciados seguían tres etapas en sus estudios: la primera, de Higiene y Moral, la segunda, de Ciencias y Naturología, y la tercera, de Psicología y Filosofía. Mi padre me insistió mucho en que su tío no había sido nunca masón; de haberlo sido, me decía también, hubiera podido conseguir en su exilio recomendaciones importantes para un buen trabajo en México, por lo que, de ser esto cierto y no una fantasía exculpatoria de mi padre en una época en la que todavía la palabra masón era un insulto, parece que para entrar en la Escuela no era requisito obligatorio pertenecer a la masonería. El doctor Eduardo Alfonso, que sí era masón, muy pronto se convirtió en el director único de la sociedad y de la Casa, ya que Mario Roso de Luna murió en 1931, a los sesenta y nueve años de edad, en olor de santidad teosófica y atendido por su amigo médico fisiatra, a quien legó el moribundo sus últimas palabras: «¡Continuad mi obra...! ¡Superadla!». Bien, esto era fácil de decir, incluso —o sobre todo— en los últimos instantes de una vida, pero lo cierto es que aún quedaban muchas pruebas por superar en el mundo de la teosofía hispánica: la guerra y el nacionalcatolicismo acabarían con cualquier doctrina diferente o secreta, con cualquier otra religión y, en definitiva, casi con cualquier pensamiento. El propio doctor Alfonso fue encarcelado al acabar la guerra en el penal de Burgos, juzgado según la Ley para la Represión de la Masonería y el Comunismo, y ya cumplida por fin la condena impuesta de seis años, inició un largo y tortuoso camino de exiliado por distintos países latinoamericanos, donde pudo continuar con su obra naturista, convencido de que el hombre no muere, según afirma en el libro que he acabado heredando de nuestro tío Ramón, porque «la muerte sólo es la gran interiorización, el gran ensimismamiento, la pérdida de la circunstancia».

El doctor Eduardo Alfonso y la *Schola Philosophicae Initiationis*, con sede en la sierra del Guadarrama, en contacto permanente con la madre Naturaleza, y por tanto también, entre otros pocos, nuestro extraño Ramón Chico, que por entonces era un hombre de unos cuarenta años, continuaron hasta 1936 la labor del maestro Roso de Luna, dedicándose en cuerpo y alma a defender la ortodoxia de la verdadera teosofía, que no era otra, según el propio doctor Alfonso había escrito en la revista *El Loto Blanco* en julio de 1930, que «la que fundó Ammonio Saccas y difundió Blavatsky», su condición fundamental «la libertad de pensamiento», y el teósofo una persona que «debe estar siempre por encima de las religiones, porque no es posible estudiar comparadamente y formar juicio crítico de aquello a que se rinde culto, se acepta como verdad dogmática y cuya discusión se considera pecado». El futuro inmediato de aquellos librepensadores republicanos, amantes de la Naturaleza y de sus leyes ocultas, iba a resultar igual de oscuro que el de aquellos otros que, desde el racionalismo, no profesaban fe ninguna ni interés por la teosofía, a todos les esperaba el mismo destino: el fin del pensamiento. La República fue una época, decía mi padre, parafraseando algunas líneas escritas por su tío en alguna de sus cartas enviadas desde Lisle-sur-Tarn, en la que había tantas ideas que no daba tiempo a asimilarlas bien, un tiempo fecundo para personas inquietas pero desesperado para aquellas otras que amaban la uniformidad. La guerra, según el comandante Chico, decía mi padre, es siempre un caos provocado por los que aman por encima de cualquier otra cosa el orden y, precisamente, provocado para volver al orden. El objetivo principal del orden es estrangular las ideas, acabar con el pensamiento libre. En los estados y en las mentes totalitarias, según nuestro tío Ramón, decía mi padre, la democracia no puede ser comprendida más que como una forma insoportable de ruido, un bullicio peligroso. Pero la vida no es orden y después caos —o caos y después orden—, la vida es orden y caos simultáneamente, silencio y ruido, solamente así avanza y se afirma en este mundo, aspirando a la sagrada armonía, decía mi padre, remarcando las palabras leídas en las cartas de su tío, de la misma manera que el supremo amor es también una expresión de caos y orden, y el amor es la fuerza creadora, la primera ley de la Naturaleza. Durante nuestra República, había escrito también en una carta, se acordaba bien mi padre por la expresividad de la frase, había más ideas que cabezas sensatas que pudieran albergarlas y desarrollarlas. Y también había escrito que, en definitiva, el fracaso de la República había sido el fracaso del amor. A esta última frase le gustaba a mi padre recurrir para demostrar —para demostrarme a mí, pues no recuerdo que sobre las cartas del extraño hablara nunca con nadie más que conmigo— hasta qué extremos podía llegar la bondad de nuestro tío —sin duda quería decir ingenuidad—, y la demostración iba seguida siempre de una exclamación que todavía medio siglo después de aquellos hechos expresaba con la misma y sincera sorpresa: «¡Y pensar que aquel hombre tuvo a su cargo durante la guerra uno de los mayores polvorines de España y que después desempeñó trabajos importantes en el Ministerio, con Negrín!». Y con ello sigo sin saber aún si se refería únicamente a la extraña y muy particular personalidad de Ramón Chico o también a las posibles causas de por qué, con militares como él, se acabó perdiendo la guerra.

II

Antes de confluir definitivamente en las aguas del Garona, al sur de Toulouse, el Tarn es un río que da vida a las llanuras fértiles de hasta cuatro departamentos franceses, discurre por ellas discretamente, silencioso, casi invisible, desde su nacimiento en Lozère, atraviesa con solemnidad las antiguas ciudades de Albi y Montauban, y adorna hoy los trazados de pueblos que, como Lisle-sur-Tarn, parecen no haber crecido nunca desde su fundación como bastidas medievales. Los paisajes del Tarn abarcan extensos territorios de girasol, vid, trigo y maíz, interminables horizontes verdes y amarillos, con suaves ondulaciones, atravesados por innumerables carreteras, pequeñas y bien asfaltadas, por las que conducir lentamente y perderse es un placer sencillo, una manera de olvidar y de ser olvidado. Y, sin embargo, se trata de recordar, porque es para no olvidar para lo que he venido hasta aquí, hasta estos paisajes que podríamos llamar también de la memoria y en los que miles de exiliados españoles vivieron y murieron, siempre con la esperanza de poder volver un día a su país, a su ciudad, a su pueblo, volver a ser lo que fueron y tuvieron que dejar de ser para siempre. Para recordar, en definitiva, al comandante Ramón Chico, de quien ya nadie más puede acordarse, que vivió durante treinta años junto al cauce del río Tarn, trabajó en sus tierras húmedas, primero como campesino, después como modesto administrador de fincas rústicas. Entre Toulouse y Albi, el pequeño y solitario pueblo de Lisle-sur-Tarn no parece haber conseguido ser aún el lugar turístico que el departamento albigense desearía y promociona desde hace algunos años, juntamente con otros pueblos cercanos de similares características como Cordes-sur-Ciel, Gaillac o Puycelsi. Son, sí, casi todos ellos, pueblos atractivos por una u otra razón histórica o paisajística, pero a los que, sin embargo, se diría que les falta la alegría de la Provenza, la gracia de los Alpes o la elegancia de Bretaña. Todavía no se han desprendido del olor a vaca ni a forraje, aunque cada vez se vean menos animales de ninguna clase, sólo gatos, y en sus callejuelas no se encuentren más que puertas y ventanas cerradas, algún coche mal aparcado, y pocas ganas, me parece, o ninguna necesidad de agradar a los visitantes. En Lisle-sur-Tarn las casas más antiguas, que son casi todas, están construidas con las arcillas rojas del río, ladrillo pequeño con vigas verticales de madera. El pueblo conserva su trazado medieval con una gran plaza cuadrada con arcadas en la que se encuentran los únicos comercios y bares, además del Ayuntamiento. A las ocho de la mañana, cuando llego en coche desde Albi, donde he pasado la noche, no hay nadie en la plaza ni en las calles, aunque los tres bares del pueblo ya están abiertos. Tomo un café sentado en la terraza del bar Saint-Louis, atendido por una amable camarera que me pregunta de dónde vengo. Llegan algunos hombres del pueblo, altos, morenos, también para tomar el primer café de la mañana, hablan entre ellos con voces potentes que resuenan en la plaza, en cuyo centro hay una fuente sin agua pero con flores. Un paseo por las calles de Lisle-sur-Tarn no ocupa más de media hora, recorriéndolas todas, y lo primero que hago es buscar la llamada Rue des Petits Augustins, donde sé que vivió nuestro tío, porque así lo dicen los sobres de las cartas que enviaba, en una casa que hoy está completamente cerrada y en la que, según me asegura una vecina, algo más joven que yo, no reside nadie desde hace al menos diez años. Ella llegó hace ocho, con su marido, que trabaja en el campo, en una gran finca situada a doce kilómetros del pueblo. Un barrendero recoge en silencio, escuchando nuestra breve conversación, las hojas secas de la calle, y de una de las casas salen voces de niños que se acaban de despertar. Me acerco entonces hasta el río, cuyo paso por el pueblo, entre exuberante vegetación, no puede ser más tranquilo y hermoso, con tonalidades verdes y grises. Quiero pensar aquí en los largos paseos del extraño por este mismo lugar, donde tal vez consiguiera recuperar su pasión por la Naturaleza y por los pájaros, con Rosario, su mujer, siempre de salud frágil: al matrimonio español, sin hijos, envejeciendo en un pueblo de Francia ni remotamente imaginado nunca durante su juventud perdida. Lejos en el tiempo y en el espacio va quedando Madrid, como una sombra derrumbada.

Desde el día en que Ramón Chico salió de Madrid, en septiembre de 1936, con destino a Alicante, para hacerse cargo del polvorín de La Carrasqueta, entre Jijona y Alcoy, hasta el invierno de 1945, cuando llegó por primera vez a Lisle-sur-Tarn, pasaron casi diez años, aunque el mundo había cambiado tanto que parecían más bien doscientos. Leal republicano y, como le gustaba decir a mi padre, hombre culto que amaba la verdad, su actitud ante la rebelión militar no pudo haber sido más decidida y sincera desde el primer día, y su trayectoria durante los tres años de la guerra, con la confianza depositada en él por parte de sus superiores, confirma la rigurosa fidelidad a unos ideales que tenían sus raíces en la tradición familiar, nada menos que en la Primera República, a la que su padre había servido. De su manera de ser nos dice algo también la siguiente anécdota que tantas veces oí contar: se pasó el primer día de su llegada a Jijona redactando él mismo —no permitió que ninguno de sus subordinados lo hiciera por él— el inventario de la casa que tuvo que requisar para que, cuando hubiera de marchar de allí, le fuera devuelto todo tal como estaba a su propietario. En aquella vivienda a las afueras del pueblo vivió con Rosario hasta la primavera de 1938, aunque durante aquellos casi dos años se movió constantemente entre Alicante, Valencia y Albacete por razón de sus responsabilidades militares. Lo hacía en un coche oficial conducido por un tal Guillermo, miembro del Partido Comunista, cuya misión, según parece, iba más allá de la de chófer: se ocupaba también de vigilar al comandante, es decir, de supervisar su lealtad. Juntos recorrieron las peores carreteras del mundo y vivieron episodios trágicos y cómicos, pero sobre todo acabaron haciéndose buenos amigos. Por no sé qué motivos, en cierta ocasión nuestro tío fue detenido por unos milicianos en Valencia: pasó unas horas encerrado en un calabozo hasta que llegó Guillermo y, fusil en mano, obligó a sus captores a que lo liberaran de una vez, asegurando que no había en España un militar más fiel a la causa republicana. Le hicieron caso y todo continuó como hasta entonces. No sé por qué recuerdo más estas anécdotas que otras: tal vez porque cuando me las contaron, siendo yo todavía adolescente, no conseguía entender bien los motivos de tanta desconfianza, que incluso perteneciendo a un mismo bando sospecharan los unos de los otros hasta tal punto. El caso es que, como quedó demostrado, con Ramón Chico no habría sido necesario perder el tiempo en sospechas, aunque a su mando tuviera el codiciado polvorín de la sierra de La Carrasqueta, que no se perdió, por cierto, pese a las continuas arremetidas de la aviación rebelde, hasta que definitivamente se perdió también la guerra. Entretanto, la familia, es decir, sus cinco hermanas y su sobrino de doce años, mi padre, se estableció en Albacete, donde Ramón Chico pensó que estarían más seguros y también más cerca de él. En esta ciudad vivían, además, otros familiares, algunos primos y tíos, que los recibieron con los brazos abiertos. Gracias a ellos, mi abuela consiguió trabajo allí, primero como mecanógrafa en el Parque Móvil del Ejército, y después como secretaria particular del gobernador civil. Con frecuencia, mi abuela y mi padre se desplazaban hasta Jijona para pasar unos días en aquella casa requisada a las afueras del pueblo, en cuyo jardín hacía guardia noche y día un pastor alemán, de nombre *Gong*, también requisado, supongo, al que mi padre recordaría con cariño toda su vida —a mi primer perro le pusimos aquel mismo nombre—, aunque con más frecuencia aún era Ramón Chico quien los visitaba a ellos en Albacete, siempre aprovechando algún viaje relacionado con su misión en el polvorín. Durante estas visitas no faltaron los conflictos ideológicos, porque a medida que pasaban los meses cada vez había más adeptos entre la familia a la causa rebelde. Las cuatro hermanas mayores y un poco beatas fueron las primeras en desertar de la República y en recriminar al hermano las tropelías que se estaban cometiendo contra los bienes de la Iglesia y contra sus sacerdotes y obispos. Los primos y tíos de Albacete se sumaron también a esta deserción, seducidos o atemorizados por los mensajes que escuchaban en la radio. Sólo mi abuela continuó apoyando a su hermano y, por tanto, a la República, por convicciones propias, y también mi padre, por admiración incondicional a su tío. Las comidas familiares en Albacete, cuando el comandante llegaba de visita, siempre acompañado por Guillermo, que también comía con ellos, se convirtieron en largas y a menudo desagradables discusiones en las que, siempre según mi padre, Ramón Chico no podía decir exactamente todo lo que pensaba, pues la presencia de su chófer comunista, aunque también ya amigo, se lo impedía. Era después de comer cuando, si la tensión había alcanzado momentos muy difíciles, reunía aparte, en una habitación, a algunos de los ahora miembros rebeldes de la familia para tranquilizarlos y asegurarles que comprendía y hasta compartía muchas de sus preocupaciones, pidiéndoles a ellos a su vez comprensión y paciencia. En aquellas idas y venidas, nuestro tío, siempre según mi padre, aparecía por la casa cada vez más delgado, se mostraba también cada vez más preocupado y silencioso, aunque sin llegar a perder nunca el optimismo, pues estaba convencido de que aquella guerra se acabaría ganando. De hecho, también solía decir, como si tuviera alguna clase de información confidencial que, por supuesto, no podía revelar completamente, que todo iba a acabar muy pronto, en unos pocos meses, así que animaba a la familia a estar preparada por si había que volver a Madrid en cualquier momento. Alguna vez ocurrió que, inmediatamente después de pronunciar estas u otras palabras de ánimo, se veían obligados por el sonido de las sirenas a abandonar la mesa en la que estaban comiendo para salir deprisa hacia el refugio y esperar a que los aviones fascistas acabaran de lanzar sus bombas sobre la ciudad, ocasión que le permitía a mi padre confirmar y hasta aumentar la admiración por su tío, pues éste, después de empujarlos a todos hacia el refugio, se quedaba solo en la casa tranquilamente, esperando a que volvieran para continuar con la comida.

En la primavera de 1938, algunos meses después de que el gobierno de Juan Negrín se instalara definitivamente en Barcelona, Ramón Chico fue llamado para ocupar un nuevo cargo en el Ministerio de la Guerra, que había pasado a llamarse Ministerio de Defensa Nacional, el cual, tras la dimisión de Indalecio Prieto, estaba en manos del propio presidente del gobierno. Desde entonces, la familia ya no volvió a ver más al comandante, pero sí a Rosario, su mujer, siempre de salud delicada —padecía una rara enfermedad de hígado—, ya que a finales de aquel mismo año se fue a vivir con ellos a Albacete, imagino que en previsión de lo que se le venía encima al matrimonio. La última comida con él —y con su chófer Guillermo— fue a principios del mes de abril de 1938, concretamente el Domingo de Pascua. Pese a todo, aquél fue un encuentro alegre, siempre según mi padre, porque se suponía que nuestro tío, que había sido herido ya dos veces durante los ataques aéreos sobre el polvorín que tenía a su cargo, iba a correr mucho menos peligro en Barcelona. No hubo discusiones aquel día, aunque a las hermanas mayores les hubiera gustado celebrar aquella fiesta religiosa como Dios manda. La comida fue frugal, como no podía ser de otra manera en aquellos tiempos de racionamiento, a base sobre todo de lentejas rusas, aunque a nuestro tío, vegetariano, no debió de importarle mucho. De qué se ocupó exactamente en Barcelona durante aquellos meses últimos de la guerra, sin embargo, creo que mi padre no lo supo nunca, como tampoco qué relación podía tener con Negrín, o al menos con algunos de sus colaboradores más próximos en el Ministerio, que por aquel entonces, como se sabe, ya eran casi todos del Partido Comunista.

El cementerio de Lisle-sur-Tarn se encuentra aproximadamente a dos kilómetros del centro del pueblo, es decir, de la amplia plaza medieval con arcadas, su monumento más interesante y el lugar más concurrido tanto por los escasos vecinos como por los aún más escasos turistas que deciden salir de la A68 para visitarlo. Cuando llego hasta allí, caminando, después del más que correcto café del bar Saint-Louis y del breve paseo por las callejuelas, son las nueve y media de la mañana y hace ya un buen sol de verano. Es un cementerio más grande de lo que había imaginado en un principio y en el que predominan las tumbas familiares, muchas de ellas, las más nuevas, de pesado granito gris. Pero hay también un espacio —entrando, a la izquierda— donde abundan las tumbas solitarias, ya todas con una cierta antigüedad, muy sencillas, con su cruz y sus inscripciones talladas en la piedra y a veces ya ilegibles por la erosión. Busco entre éstas, leyendo sus inscripciones una a una, la de nuestro tío Ramón Chico, hasta que por fin la encuentro, sorprendiéndome a mí mismo, pues después de casi media hora de búsqueda infructuosa, dejando atrás algunas con los nombres ya completamente borrados, había empezado a convencerme de que no la encontraría. Pero no hay duda:

ICI REPOS
LE COMMANDANT
RAMON CHICO
DÈS LE 16 DE FEVRIER 1970
ÂGE DE 79 ANS
PPL

Más que pensar en Ramón Chico, a quien no conocí y de quien tal vez queden algunos pocos huesos en esta tumba, pienso en aquellos que sí lo conocieron bien, lo amaron y admiraron, en mi abuela y en mi padre, a quienes hoy me hubiera gustado poder decirles que he estado aquí. En su nombre, también me hubiera gustado derramar unas lágrimas, pero la sorpresa por el hallazgo me provoca más inquietud que emoción, y lo cierto es que no sé muy bien qué hacer ni qué pensar. Rezaría un padrenuestro, si supiera rezarlo con alguna devoción cristiana o si al menos supiera que al comandante le importaban las oraciones. Ignoro si la teosofía tiene un código propio para estos casos, no he leído a Madame Blavatsky, aunque es posible que, de haberlo hecho, hoy hubiera descubierto que mi presencia en este lugar está llena de significados ocultos y trascendentes. No he traído flores ni sé, ahora mismo, dónde podría ir a buscarlas.

Así que permanezco ante su tumba en silencio, observándola, que es lo que, me parece, hubieran hecho también mi padre y mi abuela, y es un silencio al que acuden las preguntas que tal vez no tengan ya nunca respuesta. En qué medida una pobre tumba como ésta, descuidada y perdida en un cementerio del interior rural de Francia, representa la vida de un hombre que murió en el exilio a los setenta y nueve años prefiero no pensarlo: dice más bien algo de nosotros y de nuestra manera de olvidar. Hay sobre ella una pequeña placa de granito de color rosa dedicada *à notre ami*, que seguramente fue colocada el mismo día del entierro. Tumba, cruz, placa: todo ha permanecido desde aquel día de febrero de 1970, envejeciendo y deteriorándose con la fuerza del sol, de la lluvia, del viento y de la nieve. ¿Quiénes fueron sus amigos aquí? Todos ellos están ya también enterrados en este mismo cementerio y casi todos debieron de ser españoles. En las inscripciones de otras tumbas se leen los apellidos Martínez, Pastor, García, Sánchez. Algunos de ellos reposan bajo duro y lujoso granito, aunque vivieran su exilio entre modestos ladrillos rojos: sus hijos y nietos franceses se han ocupado y continúan ocupándose bien de ellos y de su pétrea eternidad. Entre los españoles que también acabaron viviendo y muriendo en Lisle-sur-Tarn, Ramón Chico debió de conservar hasta el final su prestigio militar, pues no encuentro otra explicación al hecho de que en su inscripción figure LE COMMANDANT, vestigio de los tiempos de la República pero seguramente símbolo también del respeto con el que continuó siendo tratado por sus amigos y vecinos en el pueblo. Debajo de la pequeña placa de granito, homenaje a la amistad, asoma un papel plastificado de color azul, como los que se encuentran en casi todas las tumbas situadas en esta misma zona del cementerio. Se trata de un aviso municipal y en él se lee *que toute personne susceptible de fournir des renseignements sur cette tombe est invitée à s'adresser à: Accueil de la Mairie, Place Paul Saissac.*

A finales de febrero de 1939, Ramón Chico decidió unirse a la larga marcha del exilio, iniciada a principios de año, camino de Francia. Desde mediados de enero se encontraba en Figueras, donde, por orden de Negrín y ante el avance de las tropas franquistas sobre Barcelona, se habían trasladado los organismos oficiales que aún se mantenían más o menos en pie. Pero pocas semanas después también Figueras fue ocupada y la guerra estaba perdida definitivamente. Cruzó la frontera por el paso de Portbou y desde allí mismo fue llevado al campo de Argelès-sur-Mer, a la llamada playa del Norte, uno de los primeros campos de refugiados que las autoridades francesas habían abierto en aquella zona para acoger a los españoles y donde la tramontana, el frío, el hambre y las enfermedades lo habían convertido ya en un espeluznante escenario de terror y muerte. Aunque el campo llevaba ya casi un mes abierto y reunía a más de cien mil refugiados, todavía no se habían terminado de construir los barracones, se dormía sobre la arena, entre el mar y las alambradas permanentemente vigiladas por dos compañías coloniales de tiradores senegaleses. Las arenas, debido a los cadáveres que eran enterrados allí mismo y a la ausencia de letrinas, no tardaron en estar contaminadas, provocando desde el tifus a la disentería. No solamente escaseaban la comida y el agua, sino también la asistencia médica, por no hablar de la buena voluntad de los militares franceses que tenían a su cargo aquella playa mortífera y cuya única ocupación parecía ser la de intentar convencer a los desesperados de que volvieran a España. Muchos lo hicieron, con consecuencias trágicas. Los días pasaban y no parecía existir otro horizonte que el de la enfermedad y la muerte, hasta que a finales de marzo miles de aquellos refugiados fueron llevados a otros nuevos campos abiertos para descongestionar el de Argelès, entre ellos nuestro tío Ramón, que fue a parar a Septfonds, un pequeño pueblo situado al norte de Montauban, en el departamento de Tarn y Garona, donde por primera vez pudo ver el río que lo acompañaría el resto de su vida. El penoso traslado en camiones y trenes hasta aquella localidad y el no menos penoso traslado andando, bajo la lluvia intensa, a golpes de culata de fusil, desde la estación al campo de refugiados, ubicado a unos cuatro kilómetros, le provocaron una grave neumonía a la que pudo sobrevivir de milagro, gracias a las atenciones de algunos de sus compañeros y al empeño que éstos pusieron para que pudiera ser trasladado a la enfermería del pueblo, donde pasó tres semanas antes de poder regresar al campo, en el que, entretanto, se habían empezado a construir los primeros barracones de madera, sin ventanas, y con tantas goteras que la tierra sobre la que tenían que dormir estaba siempre empapada y negra. Desde aquellos barracones de Septfonds, llegaron hasta Albacete las primeras cartas, que intentaban sobre todo ser tranquilizadoras, eludiendo no todas pero sí la mayoría de calamidades por las que ya había tenido que pasar el marido, el hermano y el tío en aquellos primeros meses de su exilio. Las cartas, siempre según mi padre, eran leídas en voz alta por mi abuela, y al acabar la lectura el silencio era sepulcral, todos permanecían sentados en su silla o butaca, abatidos completamente, sin saber qué decir ni qué hacer. En Septfonds, donde el clima era muy frío en invierno y extremadamente caluroso en verano, la vida cotidiana era tan monótona como pueda imaginarse y las carencias en alimentación resultaron letales en los primeros meses para casi un centenar de refugiados que hoy se encuentran enterrados juntos en el llamado *Cimetière des espagnols réfugiés*. A partir del verano de aquel mismo año empezaron a llegar hasta allí también refugiados polacos y judíos, y el campo, que ya había empezado a ser conocido como *Camp de Judes*, fue militarizado, continuando de este modo hasta enero de 1945, cuando todos los que allí se encontraban, entre ellos nuestro comandante Chico, fueron por fin liberados. A todos ellos les fue concedida la residencia francesa, muy merecidamente, sí, porque durante todos aquellos años fueron reclutados para trabajar como campesinos y obreros de la construcción por muy diversos departamentos del país. Durante los primeros dos años, como todos los demás, nuestro tío fue enviado a trabajar en diversas ocasiones, concretamente a unas plantaciones de maíz, situadas muy cerca de Montauban, y por tanto no muy lejos del campo de refugiados, aunque seguramente debido a su edad —cuando llegó a Septfonds estaba a punto de cumplir los cuarenta y nueve años—, tal vez también a su rango militar y, sobre todo, a su precaria salud —aquella neumonía le dejó graves secuelas—, muy pronto pasó a ocuparse solamente de tareas organizativas y de coordinación de los grupos de trabajo. Puede ser también, pero solamente es una suposición mía, que fuera con motivo de aquellas diferentes tareas de coordinación que le obligaban a tratar a menudo con agricultores de la comarca, como, tras su liberación, consiguió el trabajo del que iba a conseguir vivir durante los siguientes veinticinco años, es decir, un modesto pero reposado empleo como administrador de fincas rústicas en Lisle-sur-Tarn. Fue entonces cuando su mujer, Rosario, abandonó España para reunirse con él en Francia, y juntos empezaron a vivir la esperanza del regreso y la soledad cada vez más amarga de la derrota y el olvido. Tras la muerte del comandante, en 1970, Rosario regresó a Madrid, donde murió sólo un año después.

Con el aviso de color azul y plastificado en la mano, que he recogido en la tumba del comandante Chico, no sin antes haber tomado algunas fotografías, me presento en el Ayuntamiento de

Lisle-sur-Tarn a las once de la mañana, donde me atiende una joven muy amable llamada Justine. En un amplio mapa del cementerio que despliega con dificultad sobre el mostrador buscamos la tumba, señalada, como muchas otras, con rotulador rojo. Me pregunta cuál es mi relación familiar con el difunto y, cuando le doy la respuesta, se da la vuelta y empieza a buscar en un armario metálico: trae entonces una pesada carpeta y extrae de ella unos papeles que me invita a leer. Ramón Chico, que vivía en la Rue des Petits Augustins, fue enterrado el 17 de febrero de 1970, un día después de su muerte, junto a la tumba de un tal Claude Blanc, muerto dos años antes. Su viuda, Rosario López, pagó al Ayuntamiento el precio estipulado por las ordenanzas, treinta y cuatro francos. Pero la concesión ha caducado hace seis meses, al cumplirse los cuarenta años del enterramiento, y es necesaria la renovación, por otros cuarenta años, y por tanto el pago de la misma, para que la tumba no sea eliminada y los restos que pueda haber en ella no hayan de ser trasladados para siempre a la fosa común —también de aséptico granito gris, por cierto—. Durante unos instantes, después de haber rellenado el formulario oficial para la renovación, me viene a la cabeza aquel día en que descubrí la existencia de Ramón Chico, que había sido también el día de su muerte. Nada había sabido de él hasta entonces y no mucho más conseguí saber después, por más que su nombre y algunos episodios de su vida surgieran a menudo en las conversaciones familiares, siempre con una especie de respeto sagrado, de una veneración que, sin embargo, solía conducir solamente al silencio, y con una pena tan sincera como instalada en una profunda lejanía, como si la vida de aquel extraño, en definitiva, hubiera transcurrido en otro tiempo y en otro mundo, un tiempo y un mundo en nada parecidos a los que nosotros vivíamos por entonces, felices y optimistas. La tumba del comandante Ramón Chico, con los restos suyos que pueda haber en ella todavía, es ahora mía, como dejan bien claro los papeles sellados que me llevo del Ayuntamiento de Lisle-sur-Tarn, al menos durante los próximos cuarenta años, de manera que he pasado a poseer un trozo de tierra en el suroeste de Francia, un trozo bien pequeño, desde luego, pero sin duda de nuestro tiempo y todavía también, hasta donde yo sé, de nuestro mundo.

ÍNDICE

Breve historia del teniente Marí Juan, 7

Reaparición y muerte de nuestro tío Alberto, 47

Danzas y olvidos del artista Cervera, 87

La tumba del comandante Chico, 127